# 这样的城，有那样的你

林建法 艾明秋 —— 主编

辽宁人民出版社

© 林建法　艾明秋　2023

**图书在版编目（CIP）数据**

这样的城，有那样的你 / 林建法，艾明秋主编 . — 沈阳：辽宁人民出版社，2023.1
（太阳鸟文学精选）
ISBN 978-7-205-10494-8

Ⅰ . ①这… Ⅱ . ①林… ②艾… Ⅲ . ①散文集—中国—当代 Ⅳ . ① I267

中国版本图书馆 CIP 数据核字（2022）第 143566 号

| | |
|---|---|
| 出版发行： | 辽宁人民出版社 |
| 地　址： | 沈阳市和平区十一纬路 25 号　邮编：110003 |
| 电　话： | 024-23284191（发行部）　024-23284304（办公室） |
| | http：//www.lnpph.com.cn |

印　　　刷：北京长宁印刷有限公司天津分公司
幅面尺寸：145mm×210mm
印　　张：7.25
字　　数：117 千字
出版时间：2023 年 1 月第 1 版
印刷时间：2023 年 1 月第 1 次印刷
责任编辑：蔡　伟　赵维宁　段　琼
封面设计：琥珀视觉
版式设计：一诺设计
责任校对：耿　珺
书　　号：ISBN 978-7-205-10494-8
定　　价：48.00 元

CONTENTS

# 目录

01 人的城 / 邱华栋 /001

02 紫禁红 / 周晓枫 /021

03 行走京城 / 彭程 /073

04 上海的半空 / 张定浩 /078

05 浦东来去——有关"上海生活"的笔记 / 张未民 /096

06 沈阳的美丽与哀愁 / 徐坤 /116

07 在武汉 / 林白 /121

08 成都的七张面孔 / 李舫 /129

09 兆言说东吴 / 叶兆言 /158

10 到平江路去 / 范小青 /175

11　诗文里的徽州 / 刘琼　　　　　　　　　/184

12　海与风的幅面——从福州到泉州 / 阿来　/191

13　泉州，泉州 / 潘向黎　　　　　　　　/207

14　大湾区的澳门 / 陈启文　　　　　　　/217

# 01

# 人的城

◎邱华栋

## 活体的城市

比人的个体生命长久的东西很多，比如大江大河，大山和森林，还有海洋。而关于这些长久存在物的历史，最好是有相关的传记以供人们阅读，人类才会有一种奇怪的敬畏心的满足。恰好，专门有这一类的传记书，为比人的个体生命长久的存在物作传。我曾专门收集阅读过一些大江大河的传记,比如,路德维希的名著《尼罗河传》,意大利作家克劳迪奥·马格里斯的《多瑙河传》,我还读过中国学者王嵘的《塔里木河传》以及陈梧桐、陈名杰所著的《黄河传》,等等,这些为江河作的传记,都将河流看作是一个生命体,将江河这一生命体的文化记忆和时间痕迹联系起来进行书写,在书写过程中,结合了地理学、人类学、地域文化学和民族宗教等多种内容和因素,成就了江河的传记。因为,江河是人类赖以生存的基础——水——的载体,江河的传记就是人类认识这一母体的记忆。

而为一座城市作传,也有一些相关的书,小说比较多。从文学史上来考察,与一座城市死磕的作家,比如詹姆斯·乔伊斯和都柏林,保罗·奥斯特和纽约,安德烈·别雷和彼得堡,张爱玲、王安忆和上海,以及老舍和北京等,都是和一座城市死磕,写的小说都和一座城市有关,这些大城市又都是世界上最为伟大的城市,因此,能够书写一座城市的独特时间段的记忆,将一个作家的个体生命和一座城市联系起来,也是作家能够不朽的方法之一。

但除了小说,我还在寻找关于一座城市的传记。这方面我曾收集过一些，都不很满意，包括澳大利亚当红作家彼得·凯里写的《悉尼》，就比较小巧和简单。因此，当我拿到译林出版社2016年刚刚推出的大厚本的《伦敦传》，仔细读后，实在是十分地兴奋。

给一座著名的城市作传？没错，《伦敦传》就是一部城市的传记，而且，是伦敦的活体记忆。这本书的作者彼得·阿克罗伊德是土生土长的伦敦人，他1949年出生在这座城市的东阿克顿区。这人除了写了《伦敦传》这本城市传记之外，此前主要是给人写传记的。他出版过《莎士比亚传》《牛顿传》《狄更斯传》等传记，一共出版有五十多部著作，获得了不少传记奖和非虚构文学奖。这部《伦敦传》翻译成中文有八十多万字，厚厚的一大本，精装，看上去让人有些望而生畏。但是不，依照我的经验，有时候看上去很厚的书，其实更加具有亲和力和吸引力。果不其然，我是去过两次伦敦的，知道个大概，但对伦敦并不熟悉，我知道有不少华人熟悉伦敦，这一世界十大名城之一。在我心目中，世界十大名城，我早就排列过，目前大致是伦敦、巴黎、纽约、北京、东京、莫斯科、罗马、柏林、上海、墨西哥城。当然马德里、彼得堡、迪拜、开罗、新德里、加尔各答、香港和首尔也不错。每个人应该有自己心目中的世界十大城市。伦敦，这座城市你怎么数，都是落不下下的世界十大城市之一。那么，一个给人作传记的作家，如何给一座生养他的伟大城市作传呢？我想，阿克罗伊德给了我一个最好的答案。

在他的笔下，我看到了一座活体城市。也就是说，伦敦绝对不是一座冷漠的钢筋水泥玻璃幕墙和下水道、大桥、教堂、皇宫城市，伦敦在他笔下，是活体的生命。这就是这部城市传记最大的特点，也是吸引我读下去的原因。八十多万字的篇幅，一共分为了七十九章，分成了三十一个部分，有的部分有一章，有的有两三章。这是全书的结构，这七十九章，每一章在一万字左右，读起来的感觉刚好是一天一章，不累，这一点很重要。因为阅读需要呼吸，需要消化，需要停顿，需要静思。像《伦敦传》这样厚重的书，与时间的长时段相联系的书，在书写和阅读过程中，最好是有一个呼吸的节奏，对于读者的阅读，是很重要的。好在这本书有这样的阅读节奏。

本书开篇第一部分标题是"史前至1066年"，这一部分又分为三章：《海！》《石头》《圣哉！圣哉！圣哉！》，乍一看这几个题目，我觉得实在是一部史诗的标题呢。实际上，我读这本伦敦传记,的确像是在阅读一本波澜壮阔的关于一座伟大城市的史诗。好了,只需要简单列举这本书的章节名称,你就知道阿克罗伊德是多么擅长写传记,不管是人的还是城市的,他很会吸引人的眼球,很会抓住伦敦这座城市的要害,时间节点,重大历史事件,小人物,建筑和建筑后面的人,生命在这座城市的感觉,这些东西林林总总加在一起,就是一部伟大城市的活体历史:

大章节题目:《伦敦的反差》《贸易街与贸易区》《伦敦社区》《伦敦大剧院》《瘟疫与火灾》《大火之后》《罪与罚》《贪婪的伦敦》《伦敦自然史》《夜与日》《暴力伦敦》《黑魔法与白魔法》《地下》《妇女与儿童》《城东与城南》《帝国中心》《闪电战》《再造城市》《伦敦预言家》

小章节题目:《喧嚣与永恒》《沉默是金》《黑暗与拥挤》《泰晤士街的芝士哪里去了?》《表演!表演!表演!表演!表演!》《时间的落款》《愿你得瘟疫》《自杀简札》《悔罪史》《无赖画廊》《一堂烹饪课》《一股臭味》《给女士买朵花吧》《要有光》《围起来!围起来!》《我遇见一个不在的人》《地下世界》《城中野人》《女权主张》《你有时间吗?》《角落里的树》《发臭的一堆》《郊

区之梦》《战争的消息》《设计之外的命运》《虚幻的城市》《我将再起》……

这些大章节和小章节名,就是我们进入到这座城市的历史记忆的路标、街牌名和巷道的标志,就是引领我们进去的提示语和指路明灯。而这些章节名,实在不像那些建筑学家写的看上去乏味枯燥的城市建筑史,也不像是民俗学家历史学家写的关于一座城市的历史沿革、分布的学术书写,而是一种文学的表达,文学的书写,我将阿克罗伊德的这种写法称为是新百科全书式的写法,或者是全息写作,打通了文史哲的写作,最重要的,是一种带有深刻生命经验的写作,正是这一点,使他笔下的伦敦活了起来,是一具庞大的、历史长久的生命体,这一座城市那么的亲切、生动、丰富和复杂,人在城市的肚腹里就像是她体内的器官和小细菌,与城市共生在一起,生生死死的是人,不死的是城市的生长。

阅读这样的城市传记,我们会体会到人的生命与一座城市相联系,是一件多么好的事情,因为你将为此成为城市的一部分,并被城市所记忆。

## 城市的灵魂

一晃我在北京就生活了二十多年。简直像做梦一样。我也亲眼看见了这座帝都的变化,而这样的变化,很多都化作了文学作品,被以各种方式留存在我的那些文字中。

不光如此,这些年,我还收集了关于北京这座城市的很多历史材料、建筑资料、规划设计、作家随笔,等等。我总觉得,一个作家必须要保持和一座城市的紧密关系。假如能写出一座伟大城市的历史和当下的变化,都凝聚在一本书中,该是多么伟大的事情。但是,这样的一本书,还一直在我的创作计划中,在不断地计划着,丰富着,也不知道什么时候能写出来。

一个朋友说,北京,现在早就不是那个老北京了,连魂都没有了。自从拆掉了北京城的老城墙那天起,旧城及其灵魂,就渐渐不复存在了。

我常常在夜晚开车经过那些变化巨大的城区,去寻找昔日的记忆。的确,今天,在北京老城墙矗立的地方,只剩下了几座城门楼和角楼。完整保存的明清时代的历史遗迹,主要分布在中轴线上，比如天坛祈年殿，比如故宫、景山、北海、钟鼓楼，再有一些零散的遗迹，这座城市的旧物，已越来越少了。

十多年前，有一则报道吸引了我，说的是一个日本人，叫岩本公夫，他在当时正在拆迁扩建的平安大街边的胡同中，收集了很多旧式门墩，并把它们一个个地用自行车运到北京语言文化大学的校园里，集中放到一片空地上，以期有博物馆会收藏它们。门墩蕴含着很丰富的老北京的信息，我当时看到电视上那个日本人在滔滔不绝地讲着这些石头门墩的分类，它们上面雕塑的含义，它们的象征性符号，十分感动。一个日本人对北京旧城的物证如此有研究，叫我吃了一惊。

早年对平安大街的扩建，不少文物专家是反对的，因为那是一条文物街，大到段祺瑞执政府，小到极精致的保存完好的四合院，以及京杭大运河的起点（一座石桥），都是在那浓密的国槐掩映下的。但城市的发展要使它的中部再来一条宽阔的交通干线，现实的需要必须要早日修好这条路。还有专家说即使修好了，因为这条路上过多的红绿灯，也会使它变成一个长长的停车场。但是平安大街仍旧修了，而且进展迅速，据说改变了明清时代就有的古旧管线，而且沿街将全按明清时代的灰色主色调来建筑，并且绕开了主要的历史文物。

我有一年采访，去过很多北京的名人故居，发现除了少数如鲁迅、郭沫若、宋庆龄、梅兰芳故居保存修缮良好外，老舍、茅盾、李大钊、文天祥等很多历史文化名人的故居破旧不堪。宣武门外菜市口一带，我去探寻清末时代的历史风云人物"戊戌六君子"及康有为公车上书的所在地，那里正在修建通向南二环的一条大街，整个菜市口一带将兴建五十余万平方米的欧陆式风格的，集金融、商务、商住、办公于一体的中融广场。这一地带的传统回族人聚居地牛街，也在进行着大规模的拆迁改造。

的确，北京这座城市，从旧城的各个角落，四面八方，到处都是工地，是拆迁，是拓宽马路。老北京正在迅速消失，而一座叫作国际化大都市的北京正在崛起。看来这个趋势已是不可阻挡的了。而且，似乎更年轻的北京人，这座城市的未来，他们也许喜欢这样的变化。

那么，旧城的灵魂呢？它在空气污染严重的北京消失了吗？它在玻璃幕墙大楼后苟延残喘吗？或者，它还在一些保存了大屋顶的建筑上，像西客站、交通部大楼、海关大厦和新东安市场上寄居？灵魂是看不见的，一座古老城市的灵魂也是这样，在一环又一环，规划至七环的北京，旧城的灵魂，我们很难一下子看见它了。

但它是存在的，主要是存在于这座城市的气韵中。这是一座都城，有几千年的历史，纵使那些建筑都颓败了，消失了，但一种无形的东西仍旧存在着。比如那些门墩，比如一些四合院，比如几千棵百年以上的古树，比如从天坛到钟鼓楼的中轴线上的旧皇宫及祈天赐福之地，比如颐和园的皇家园林和圆明园的残石败碑。我无法描述出这种东西，这种可以称之为北京的气质与性格的东西。但它是存在的，那就是它的积淀与风格，它的胸怀，它的沉稳与庄严，它的保守和自大，它的开阔与颓败中的新生。

我常常想，为什么大地上会有城市？为什么城市会成为大部分人类的家园和居所？城市，这一人类物质文明和精神文明的聚集地，它的功能是什么？

我想在不同的历史时期里，它的功能也是不一样的。城市一开始是诞生在农业社会。在农业社会更早期的原始社会，以狩猎为生的人是流动的，他们不建造城市。农业社会让人群稳定在农田土地边上，于是渐渐地，城市出现了。它的功能是各种农业产品的物资交流地。从军事上讲，城市是封闭性的，保守的，防御性的，城市都有城墙和堡垒。政治上是一地区的行政中心，政权组织从城市向外发号施令，而传令兵星夜兼程，将统治者的命令由城市迅速地传到各个边区。这一阶段的城市是初级的，它就像是一个大集市，主要由四面八方来的人建立的店铺、饭店、娱乐场所构成，白天喧闹，夜晚沉寂，人们在这里主要进行生活必需的粮食、布匹、用具的交易。

很快，人类进入了工业社会，是由英国发明了蒸汽机而率先进入的。工业时代的来临使人们的劳动生产率提高了，因而各种工业制成品便大量出现，人们的生产与交易渐渐由农产品变成了工业制成品，而且，由于工业化生产，使得农业社会的人口迅速集聚，城市化加快了，规模也扩大了，当时英国的很多城市就是这样形成的。城市取代了农田和山林，成了物质与文化财富的主要创造地。这一时期的城市功能就是工业品制造地与消费地。

这时候城市的景观，已没有了小国寡民的宁静，城市开始有了规划，有了行政中心区、工业区、居住区和商业区，其间由四通八达的道路连接。各种城市病、交通、能源、犯罪、环境问题开始出现。随后人类社会进入了后工业社会，也叫后现代社会。时间大约是二战以后。从20世纪60年代开始，第三产业各种服务业成了城市物质生产的主办,替代了工业品的生产,变成了创造财富的主要手段,而工业品的生产退居次要地位,大批工厂外迁至郊区,甚至就地转为服务业和商业部门。这一时期城市的功能是商业贸易服务中心地。

这一时期,城市在郊区化,城市中心变成了商业、金融、商务、行政中心区,居民大都搬到市郊居住区去。居住质量与环境受到了空前重视。

北京一直处于这样的转变中,一方面,它的传统制造业在衰落中转化提升;另一方面,它的第三产业在全市的国内生产总值中,近年已达百分之七十以上,而且仍以每年两个百分点的速度增加着。四环内的三百二十五平方公里的城市中心区,工业用地由五十五平方公里已变为了二十平方公里,大批土地用于商业、金融、服务和房地产开发。而且,北京在四环和五环之间设计了九个大型居住社区,各个郊区郊县以卫星城镇的形式,目前,北京已经承纳了两千四百万人居住,早就不堪重负了。

而同时,北京作为都城,与欧美一些发达国家的城市一起在进入信息社会,可以称之为第四产业的信息产业与高科技产业异军突起,它的产值将超过以贸易与服务业为主的第三产业,成为城市中新的财富生产方式，知识成为经济生产的重要因素。在美国，最新最快崛起的亿万富豪，不再是钢铁汽车和石油大亨，不再是房地产、饮料和商业大亨，而是电脑高科技大亨。这一时期，城市的功能是电子信息产业的大发展。这一时期，中心城市将会社区化，因为电脑和电视系统的发达，商业、居住、大学、金融、行政、贸易各区将进一步电子化、虚拟化，这是城市又一次功能的转变。这种转变，也将在21世纪，全面改变中国主要城市的面貌。所以，我对北京变成了一个庞然大物，在大地上旋转的城市而深感焦虑、震惊和很复杂的期待。

## 城市天际线

城市天际线是一座城市的轮廓线。每一座城市都有自己的天际线。城市天际线是人造建筑物的轮廓线。

我特别喜欢开着汽车在北京市区的道路上疾驰，尤其是在北京的几条环线快速路和主干道上疾驰，让眼前的建筑物飞一样掠向身后。当然，我不那么傻，不在交通高峰时期这么干，我总是在车不多的时候开车观察北京的城市轮廓，还有天际线的变化。

那些新老建筑物在我的眼前便断断续续地形成了一些高低起伏的线条，以及一些块状的结构，这些建筑物的线条，就是北京的城市天际线。

观察天际线不能站得太高。我有一次在上海浦东那座二百多米高的东方明珠电视塔的观光台上，看到了整个市区，看到了这座城市正在密集地、迅速地长高，但城市却是平面的。因为，你所处的位置太高了。所以，观察一座城市的天际线，还不能站得太高，比建筑物高，你就很难看出一座城市的天际线。

北京的城市天际线是中间低，四周高，整座城市依次形成了以二环、三环、四环、五环为环线，以天安门广场为中心原点的"城市大盆地"。

长安街也是，从天安门广场为原点出发，两侧分别向东西方向延伸，建筑物由三十米限高，渐渐到四十五米……六十米，二环边上一般可达一百米，到三环的公主坟立交桥和国贸立交桥，建筑物便达到二百米高了。长安街上的建筑所形成的天际线，是逐渐向东西升高的，形成了一种渐渐升高的起伏之美。当然，也有个别例外，比如应该限高四十五米的地方，像北京饭店东楼，却有十八层，七十米高。因此，向东一侧的长安街的东方广场东楼、恒基中心写字楼、国际饭店则分别是七十米、一百一十米和一百米，做了相应的抬高。这些建筑所达到的高度，都是让一些建筑学家所激烈批评的地方，认为它们都太高了，改变了北京城的天际线。

但是试想，如果这些建筑都是四五十米高的又矮又胖的大胖子，那种美学效果会好吗？我看也不会。在离天安门达两公里以上的地方，建八十米以上的建筑，基本不会破坏以天安门为中心的城市天际线。目前，在三环沿线的建筑设计中，超过一百米的建筑便比比皆是了。尤其是东三环和北三环，分布着北京最高的一批建筑。但由于这些写字楼大都分布在节点上，也就是三环各个立交桥的旁边，还没有形成非常整齐和错落有致的线条。由于北京城区面积大，四四方方，即使是高达二百米、六十层的摩天大楼，也没有给人以压迫感，视线开阔、宽敞是北京市区建筑给人的美好视觉印象。

但是，很多人对北京迅速长高的城市天际线感到不美。那么，北京城市的天际线什么时候最美呢？我曾和一位德国汉学家一起进餐聊天，他是20世纪50年代就在原东德驻中国大使馆工作过的，他认为，50年代的北京最美。"天很蓝，人非常纯朴，有一次，我在东单一条胡同吃饭，饭馆漏找我两毛钱，过了三个月，我再去吃饭，那个老板还记得，就又找给我了。关键是，北京的城市天际线，城内都是灰色的四合院，一眼看上去，特别平缓美丽。当时，北京还没有那么多的高楼，以及工厂的大烟囱，所以，站在景山上向四周看，全是灰瓦的胡同民居，西山的轮廓也非常清楚，非常美丽，50年代的北京最美丽！"我碰到的这个怀旧派，是一个原东德籍的德国人，他的怀旧，有很好的代表性。

也许一些外国人更愿意看到一个完全不同于芝加哥、东京和纽约的老北京。我不能说他们的这种审美诉求是不合理的，但毫无疑问，是一厢情愿的。他们自己生活在极其现代化的世界大都市，而在短期的旅游访问中，却希望北京还是一座极其古朴、有异国情调的东方落后的古都，最好全部是古城墙、人力车，人们依旧穿长袍马褂，不要有大型购物中心，不要有世界名牌奢侈品，不要有玻璃幕墙写字楼和高速公路。这是一种十分古怪的心态。

北京的天际线注定会越来越高了。北京更像一座新都会，在向四周扩展不断，她正在"现代化"，这种现代化是不可避免的，是有得有失的，但是，她的城市天际线也会越来越蜿蜒起伏，如同音符乐谱一样流动不居。

观察北京的天际线，在环路上奔驰是一个法子，在高楼顶端瞭望也是一个办法，此外，站在景山顶端的亭子里四下看看，绝对是一个好选择。那个时候，北京作为三百六十度扩展的环形城市，会波澜壮阔地展现在你的面前。

## 虚拟的城市

建筑学家张钦楠先生介绍过美国麻省理工学院建筑与规划学院院士米切尔教授所写的一本新书《比特的城市》，书中全面描绘了未来社会，尤其是即将全面到来的信息化社会的人类城市生活的场景。他的这种场景描述仿佛是虚拟的，犹如电脑空间一样，但它也许真的正在悄悄地逼近我们的生活。

米切尔是一个擅长从信息、电脑网络技术的发展来分析建筑、人与城市发展方向的建筑学家。他认为，全球信息网络的建立，开拓了一个不同于以往的实在与具体空间的电脑空间。这个空间他称之为"电脑控空间"，而在这一空间中漫游的人，则叫

"cyborg",张钦楠译为"稀宝",而这个电脑控空间,则可称为"稀宝空间"了。

米切尔描述的这个电脑控空间的出现,将使人类的时空概念发生变化。在他的描述下,未来城市人将浑身布满电子网线,衣服中也缝有电脑,每个人的电脑中都可以与地球人造卫星直接联系,这种城市人的肌肉可以发出各种信号,他的这些信号又可以传送出去,比如他可以在千里之外操纵机器人工作,可以坐在家中指挥电脑收发电子邮件、参加未曾谋面的跨洋国际会议、调阅全球开放的各国家主要图书馆的资料、在银行存款取款,点看各个年代创作的电影,等等。一旦出门,汽车也将是全电脑控制的,它自动指挥主人绕过交通堵塞的路口,沿途还可以进行导游等。这种电脑控空间的人的生活将全息化,他的一举一动可以被电脑完全地协调好,人体与思想进一步解放了。每一个人都有电子信箱代码,人们通过这种代码在任何情况下都可以和你联系,无论你在旅行中还是在睡觉,家庭又重新成为类似农业社会中的那样集生产、生活、学习、娱乐于一体的综合空间,人们无论办公、上课、看书、购物,都是在电脑的虚拟空间中完成的。

在这种情况下,城市的建筑空间也会发生变化。比如一座图书馆，它馆藏的几百万册图书，用一套电脑装置一年内可以扫描几万册图书，因而虚拟图书馆就可以代替实体的图书馆。在城市中，一种没有固定场所的虚拟空间出现了，城市的这种因电脑互联网络连接的空间中可以出现很多虚拟商场、银行、餐厅、图书馆、展览馆、大学、商务中心等，它的出口就是电脑显示屏上的视窗，人们在这个虚拟的空间中自由出入，即可完成各种工作活动与交易活动。在这样虚拟空间的形成下，相对于已有的实体城市，也会出现一个虚拟的城市。"这个虚拟的城市全部是电脑空间中的，比如交通网络被电子通信网络所替代，交通法规变为软件使用规范，公共场所变为非物质、非共时的电子虚拟广场。"

在这个虚拟的城市中，以往像摩天大楼之类的城市标志性建筑将不复存在，而会出现一些虚拟性标志。"甚至监狱也可以虚拟，犯人在家中坐牢，身上插入一个信号器，每走出虚拟牢房的范围，身上的信号系统就会发出警报，同时会打上一支麻醉针，从而让你动弹不得。"在未来的社会中，人、建筑空间与城市则可以另有一个虚拟的系统，它与实体存在的人、建筑与城市同时存在，人们除了在实体城市中生活以外，也在这种虚拟的城市中生活。而实体空间为了配合这种虚拟的空间，也要做很大的修正。比如在居民小区中，每个小区都有与全球通信系统相连的网络，而小区内则布满了各种电子插座开关、遥控器等，用于人在虚拟空间中漫游。

虚拟的城市是正在到来的城市图景。米切尔这本书按张钦楠先生的话说像一本科幻小说，但毫无疑问，这种虚拟城市正在迅速地出现，来到我们的生活中，或者是我们即将生活于其中。

（原载《美文》2017 年第 5 期）

# 02

## 紫禁红

◎周晓枫

### 钟表馆

身处天子脚下的北京人总是一副见多识广的样子，懒散而处变不惊。四十多年生活在这里，我把整个北京都当作一座旧宫殿……建筑它，出自时间的手笔。我像廊柱的蠹虫，默默啃食并消化其中微小的残渣。尽管，我猜测天堂有着紫禁城那样的金色屋顶，但居京 30 多年，使我习惯了故宫的华丽。从摇晃、拥塞的 103 路公共汽车里，我看见角楼，并对它遗世独立的美无动于衷。

我想我唯独没有克服对钟表馆的敬畏。它坐落在故宫东南角，进入时需单独缴费。这里橡檩高大，光线低暗，收藏各种各样的报时器和天文钟，大多由伦敦和巴黎的名匠制造。不由自主，我把脸按扁在玻璃上，想看得更清楚。基座上的大象镶珠嵌玉，精巧的小人儿围绕着轴心旋转……这些钟表遵循共同的审美原则：繁复和对称。过分装饰，使之超出作为钟表的必要，观赏价值远远大于实用价值。也许，美，正是扩大在实用性之外浪费的部分。

漫长的成长阶段里，表都是我唯一随身携带的机械。事实上，我对机械怀有或多或少的恐惧，从未像其他孩子那样，好奇地拆开后盖，偷窥一只钟表犬牙交错的精微的内脏。记得伴随多年的那只黑猫闹钟，它的眼珠左右错动，鬼鬼祟祟，但我喜欢它在黑暗中扩散开来的甜蜜尾音。有一天，它终于停了，我拒绝修理，把它完整地放到床下抽屉里，和先前坏掉的那只鸡啄米的闹钟搁在一起。

我的童年就是被几只闹钟集体偷走的。一个巍然王朝同样遭到钟表馆的劫掠。钟表是穿在时间脚上的鞋，它使时间走动时发出声响。沙漏和日晷带有典型的东方色彩，含蓄，无声，包含优美的比喻。而钟表，最早的西方文明象征物，作为昂贵的礼物和奢侈的玩具，它进驻一个国家的心脏……一个五千年以来信奉农业、诗歌、礼仪和慢节奏的古老国家。紫禁城，檐瓦灿烂，宫墙血红，数不清的房间里，轮流上演明明暗暗的阴谋和闪闪烁烁的爱情。当夜晚到来，月光一点点把宫殿和人影一同淹没，只有时钟一丝不苟，继续向前。精确的机械装置滴答滴答地响着，听起来，像有什么危险地进入了倒计时。

我参观的时候，钟表馆里的钟表早已停滞。电视录像里，反复演示着其中一件的神奇之处，小人儿可以提笔写下"万寿无疆"，起承转合，字字蕴含笔锋。流逝的是钟表的应用功能，留下的是欣赏价值。或者说，当事物不再流入使用过程，它便面对迥异的命运：被废弃，或被珍藏。

我流连忘返。那天忘了戴表，欣赏和赞叹过后，我想知道几点了。这才发现，这座钟表馆丝毫不能给予我的恰恰是时间提示。表盘上的指针朝向各个方向，我被无数错乱的箭头包围了，无所适从。平时对表，我们习惯找到两只相对一致的手表，从而使自己的时间趋于准确。现在这种经验完全失效。尊贵的钟表们一无用处，标识时间的事物自己死在时间深处。在过去的某个时刻停止，今天，我却难以理解它们从往事中提炼的暗示。站在空旷的大厅，我茫然，或许那个时刻体会到的叫虚无。

一切都被时间浸泡：乡村年画上破损的灶王神，熟睡的婴儿，朱红立柱上正在起泡的漆皮，我们自己，此刻的钟表……生者被催促着衰老、催促着靠近死亡，死去的，还要继续死。

也许它们停止运转出于更高的智慧。相对格林尼治的标准时间，我们身边即使最精确的表也难免存在误差。但只要表不走，就至少能保证一个时间绝对正确。钟表馆里的时钟拒绝与时俱进，拒绝像今天的大多数事物所参与生活的方式。也许这些钟表注重的是质：与其错误一生，不如追求哪怕只发生于瞬间的真理。

想起中学春游，骑几个小时车到圆明园，为了看废墟。废墟比完整的建筑更让人震撼，因为前者具有后者尚还缺乏的东西：时间的参与感。多年后，我又来到圆明园，万花阵已修复完成。这是一座石墙组成的圆形迷宫，我在其中不断迷路，一会儿顺时针，一会儿逆时针，越焦灼越找不到出口。石墙不高，我几次攀上墙，借以判断方向。站在万花阵中间的亭子上，我发现这里就像一个巨大表盘。圆是所有几何图形中唯一没有遭到线条分割的图形，但这个大圆内部，充满错杂路线，以致让人产生一种缓慢的眩晕。也许，时间本身正是如此，它并非稳定而匀速的涡流，每时每刻，朝着统一的流向。我看到游客在迷宫中走失，相互呼唤，听得见声音看不见人影。走散的，还有进行比赛的两个孩子，她们一个早在出口等待，另一个，一直在顺时针、逆时针中领受教训；日渐黄昏，等落后的那个几乎含着眼泪走出迷宫，领先的那个耐不住过久的孤单前去寻找她的朋友，重新置身迷宫，她不知其中已全是陌生人。孩子个子小，不能像大人那样攀墙，她们身陷其中，不知所至。

谁也不能嘲笑无助的孩子，浩大时空面前，我们谁又不是孩子？岁月的墙太高，想做骑墙派，根本是不自量力的奢望。

## 游乐场

我认识一个平凡的老阿姨，平凡到即使和她如此熟悉，我每次回忆起来都有一点微弱地吃力。后来得知她令人惊讶的显赫身世：如果清朝还在延续，多少疆土和人命都可以在她手下轻易折叠。这双手，现在，在柴米油盐之间，不过一件平凡的劳动工具。

我对中山公园的印象与此相似。这里原来叫社稷坛，是皇帝用来祭土地和五谷之神的地方……王与神衔接，人间与天上的最高权力在此传递。但光阴流逝，减弱了它的威严，如同它的名称由宏大而抽象的"社稷"，落实到对一个人间领袖的纪念。

在我看来，中山公园是北京最有平民乐趣的名胜古迹，以至令人感觉不到它是个名胜古迹。举办各种花展、书展、热带鱼展，这里还有音乐堂、来今雨轩餐厅。80年代这里的英语角和恋爱角格外有名，集中了要在前途和爱情上碰碰运气的人。绿树红墙下走走，散漫随意，可以想想小得不值一提的心事。日常的情欲也是得当的，看长椅上那些情侣，一个塌陷在另一个怀里，把公共场所变成私属的乐园。所以我很难把中山公园当作一个古迹，尽管它的态度的确像是温和老者，已失去刺探他人秘密的兴趣。

之所以对中山公园抱有别样的亲切，是因为一个人。他的单位离公园近，我们常选在这儿见面。喜欢他的眼睛，凝视的时候,他的瞳仁形同漾动水波的陷阱……我会及时转移视线,顾左右而言他。胸腔里有低暗的回响,我不知怎么才能克制对他的向往而不露痕迹。那时候我太崇仰他,觉得我的爱情对他来说都是冒犯。由于不奢望结果,我把它手法简洁地处理成一场暗恋。

他聪颖过人,但未能识破我的伪装。我习惯与众多异性关系良好,准确地说,是我们彼此作为中性关系良好。我看起来如此任性不羁,天马行空的感情处理方式里,他不了解我从未松开内心的缰绳。他想自己只是分母之一,除此之外,我肯定还有其他寄托。这种误读,有助于我把静水深流的爱,藏进文字里杜撰的艳遇。我太羞怯,害怕表达和承担表达的后果,宁可把冲动处理得近于儿童时代的性:携带而不作用。多年之后,我才发现,和他见面的地点几乎带有象征含义:中山公园的游乐场——成人难以在游乐场中持续孩子的娱乐兴奋,他们放弃,远离;而我,依然醉心于模拟的享受和刺激。

独自坐在旋转木马上,它比真马华丽,生有坚硬的波浪状鬃毛和短翼。这匹最笨的飞马,只会沿着既定轨道,从低处浮升……音符叮咚作响,不带我上天堂。旋转木马的轴心由几扇落地镜组成,在镜面变暗的银色里,在失重与超重极其微弱的变幻里，我看见夹紧双腿的自己置身于秘密的喜悦。记得在一本偶然翻到的诗集里那个女性的低语："我们不知道，该怎样打发剩下的时间，在有生之年不沦落为无聊者。激情在哪儿？我们呼唤，直到，在人民公园坐上木马。静静地听着机械的摩擦声。平稳地悬空，降落，有点缓慢。我们双手抓牢它小小的耳朵，转了一圈又一圈。两个成年人，人们已经开始注意：一动也不敢动，双脚套在铁环内。"

而他在外围，双肘靠在铁栅栏上，笑容流露了对儿童游艺的轻讽……在我的余光中形成暗蓝的斑影，像一条深在河床的鱼。我比任何人都清楚他是不咬钩的，不过，也可能因为我并非值得的诱饵。他会在其他女人的嘴唇上，但他会在我心里。一进中山公园的门，往右走，常年举办金鱼展览，还有温室花房——全是没有声带的命。那些总在张嘴却喊不出声来的哑巴鱼，被囚禁在一个个玻璃格子里。我像鱼一样，幻想飞跃，但永远被玻璃格子般冰冷坚固的纪律管教——我的氧气只能从水里获取，即使这是一个囚禁我的世界。中山公园里的鱼，演绎着我：无以表达，不含行动，我深怀一贫如洗的爱情。木马缓缓旋转，我如同进入洗衣机的内胆，徒劳地，不断试图甩干心里那点湿润的东西。

最后一次见他是在中山公园的黄昏。满天灿若云锦，他是我逆光中的天使。仿佛彼此坐在跷跷板的两端，他因我的低落而飞升。他太优秀，让我感到某种来自等级的压迫。那天我们坐到很晚，直到，抬头望到月亮的沉船。我越发体会他孤寂中的美，在深蓝的，深蓝的大浪之下……深知他将离开我的版图，成为我无法收复的山河。在黑到无涯的世界，他是我禁锁中的珠宝，散发唯有我知晓的光泽。这微弱的幽光，不足以减少黑暗的重量，但足以将我照彻。我觉得自己是一个摸索者，在他离开的漫无际涯的甬道。为了捍卫一点可怜的有可能被忽略的深情，我所付出的代价非他可以想象，他也将永不知晓。

爱情始终是个让我畏惧的词。曾经深入墓道，一对古代夫妇合葬于此，我看到他们朽空的眼眶、蚀空的腿，看到衣服上金丝银线的纹饰，已经变成蒙尘的褴褛。这就是爱情，海枯石烂，我不再逃开。那么，我是不是该显得无惧无畏？我爱，我将收藏你如同盗墓者的财富。

来中山公园，我每次的出口还是会选择当初的入口——返回原点，不露痕迹，内心的旅途没有任何里程记录。公园入口处，有个著名的并生现象，槐树与柏树相抱而生，仿佛暗喻爱情的珠联璧合、甘苦与共。然而仔细观察，它们各自的树叶注定不能活在对方枝头——离得这么近，只是为了看清彼此的不能。

## 游廊

我偏爱花朵硕大的植物，荷花、马蹄莲、郁金香……都是结实的，花瓣里有种坚硬的质地，好像流溢其间的汁液里，夹杂了部分脂肪乃至固体的颗粒，它们才能显现接近石膏或象牙的质感。小型花虽然精致，但看它们微风中的细碎摇摆，显然不及前者那样易于唤起对美的敬畏。我喜欢荷花，可惜家庭养殖并不普及，常人难以提供池塘。观荷宜在户外，辽阔水域更显气象。我的一个去处是河北白洋淀，还有一个，是颐和园里的别景：谐趣园。

花瓣连绵不绝。在知鱼桥上凭栏观荷，层层叠叠的荷叶上，每朵莲花都是一座寂静而华丽的独立舞台。这盛大的夏日之花，色泽柔润，逆光中有着矿物质般的通透质地。莲具备稀有的从容品质，连凋败时每片花瓣都能相对保持完整清洁。到秋末，池塘里全是残荷，断梗和残垂的枯莲蓬……远望水面，如同旧歌本上的五线谱。

没有比它更具信仰感的植物,莲花在佛教中具有重要象征意义。清水之荷能否赢得同等的赞誉?是否只有穿越污泥的尘世考验,我们才能增加承纳的勇气,做到觉而不迷、正而不邪、净而不染?是否只有让不洁之物烂在自己的根底,我们才能无辜绽放,然后被菩萨普度和接引?难道所有的圣洁之花,都需要秘而不宣的底层淤泥作为营养吗?

颐和园,这座优雅的皇家园林和行宫,难道不像一朵硕艳的荷花?想起那个珠帘后的老妇,疆土沦陷,但她依然坚守着不可救药的浪漫主义,以至巧立名目,从海军经费中提取银两来复建亭台楼阁。生长在国耻的淤泥上,颐和园绽放。国运昌隆的朝代,我们只能在历史教科书上找到用文字记载的抽象的辉煌;而今天令人骄傲的文明,无论长城、故宫还是颐和园,哪个不是暴政与特权的产物?这是烂泥里哺育的美,以及孤独的奇迹。

甲午战争,清朝海军覆没,捍卫国家海岸线的战舰再也不能起航。具有嘲讽意义的是,不沉的,却见昆明湖畔的石舫。在这条华贵的石雕船上,帝后或览胜,或宴乐,而修筑石舫的用意原是"凛载舟之戒,奠磐石之安"。永远不会在水面移动寸毫,晨昏如涟漪从石舫的船头漾开。

一切都是停滞的，从此岸的石船，到隔岸的镇水铜牛——它的脊背经年累月被游人触摸而愈显光润。一切都是停滞，包括这里的夏天。不仅因为英译名为 Summer Palace，我才会觉得这里的夏日漫无际涯，不知为什么，感觉颐和园的夏天就像在回忆里那样取之不竭。对于夏季，习惯中的形容是灼热，但颐和园之夏永远给人清凉之感，像游廊立柱上那种幽绿色。

我迷恋幽深的长廊，梁枋上方浓墨重彩，绘制着传统苏式彩画：风景胜迹，神话传说，英雄列传，吉祥花鸟……少数是清代著名宫廷画师之作，多数出自20世纪80年代以后修缮时的乡村艺匠之手。延伸的游廊让人置身绿荫的遮护。颐和园的夏天似乎永远度不到尽头——那种绿，漫长而懒散，有一种大青蛇的傲慢，它的凉意几乎是不能被惊扰的。那些图案就是大青蛇的鳞彩吧？美得剧烈，令人生畏；一条巨蟒，鳞彩斑斓。

我斜靠在游廊坐凳上。昆明湖的微风吹拂而来。和故宫不同，故宫辽阔，而颐和园体现了太多曲折与隐藏之美。工匠正为彩画补色，包括图案的流云边框。刚刷的油漆黏稠，然后缓慢地凝固、缓慢地风干……风吹雨淋，直至漆色再次剥落，泛起一层层斑驳鳞皮。

蜿蜒迂回，状若龙蛇，可我从来不能把覆在游廊上的红瓦当作巨龙的火焰状脊鳍。颐和园既是优雅典范，又是清政府腐败无能的见证，它无法不在尴尬之中。游廊啊游廊，它不像龙，它是蛇：已退去角爪。妥协的协约，割让的条款——为了求生可以断臂，它熄灭身体周围的火求得苟安。大清帝国不再是一条在天之龙，它变成俯地的蛇。没有神奇的角，没有圆睁的怒目，没有遒劲有力的指爪，没有腾云驾雾、电闪雷劈的本领，它卸掉了威悍的样貌、暴力的可能，卸掉它神话中的王位，在威胁下沦为一具匍匐在地的肉身。

手心里，是一片游廊剥蚀下来的漆，它让我联想起二胡琴筒两侧蒙着的蟒皮。仔细观察几何形的斑块，蛇鳞有着近于六角形的蜂巢形状。六角形似乎是以直线来维护的圆，这种圆满，其实已在每条边界上都有所退缩。我们愿意把龙比拟为寂寞的英雄，蛇为隐者。作为隐者，蛇似乎有消极甚至是邪恶的倾向，也有被误传甚至被污损的声誉。蛇可以被看作卸去铠甲、解除武装的龙吗？传说中神异的龙能隐能显：春分时登天，秋分时潜渊，这屈伸之道能否为清政府的卑从提供衣不蔽体的借口？

昆明湖的风吹拂荷叶，吹拂漂浮的游船和不动的石桥。玉带桥呈现动人倒影，孔洞在对称中形成优美的圆形。有时候，我觉得我们的世界是由无穷无尽的对称组成。这并非意味数学意义的绝对之美，有时暗示着：当我们不小心破坏了什么，一定有什么，在不为人知的侧面，被对称地摧毁。

就像母性的长江和父性的黄河是对称的河流，我的祖国也育养着两条大蛇。一条是颐和园游廊里的大青蛇，软得无骨，在深锁的庭院之中，戏剧般华丽，它让人享乐，带有女性的淫逸感。另一条，是长城，灰色的，没有任何装饰，刚性的，抵抗的，战争的……没有装饰任何鳞彩，被蚀尽血肉的巨蟒，它只剩脊椎，只剩风干的骨骼。

## 塔

西方教堂旁边常常矗立着一座塔楼，沿着窄梯攀援，那种幽暗的上升，仿佛让人模拟着回到圣母的子宫。塔顶的钟，将福音更辽阔地送抵。中国唐代以前的建筑群以塔为中心，唐代以后，转而以殿为中心。我不了解这种变化的因由，只觉得塔的高度，使它具有强烈的地标意义的指示作用。

参观过许多塔,我记得砌面上的琉璃雕饰如何反射着残阳,佛像法相庄严、风雨不侵,或者木质的角檐如何被蛀蚀,留下让风穿过的孔隙。登塔,躬身绕着旋转的梯子,直至顶部——仿佛进入一只锥螺的壳,感觉自己是受到攻击而回缩的肉体。透过高处的窄窗眺望,四野无极。

我们难以追及古代工匠的智慧,他们建造宫殿不用半根铆钉,到处充满玄奥的榫接,为了翻修而进行的拆除使建筑师也陷入尴尬,因为不能将拆散的它们复原。而千百年的一座塔,亦如定海神针般不移,捍固在历史的沙床。置身塔顶,我得以在某种保护里,被古老的辉煌之光映照,感受高瞻远瞩的文明。

……翻阅线装书,西风雁行,清溪渔唱,吹恨入沧浪;碑帖上,书法狂狷;服用中药,名称优美的配方被一只耐心的药壶煎煮;龙、凤凰、麒麟、貔貅,那些藏身想象、永不显现的大动物,各怀逼真的品德;宫墙血红,印玺之下生杀予夺的权力;隐入烟岚的长城,渐行渐远——这些闪逝的片断,如同塔内一层一层的梯级,让人从窄黑的入口,登临令人目眩的高度。大约只有来自祖先的遗赠,能让我们无愧于心地领受;大约只有来自祖先的骄傲，能让家境败落的子孙在炫耀之中不被伤害。登塔不仅象征对旧文明的膜拜，一座塔同时成为提供保护的寄居壳……当灵肉受到威胁，我们可以凭借自身的收缩回到悠久文明的记忆深处，回到可以睥睨天下的高度。复述辉煌给人美妙的错觉，仿佛是自身正散射出辉煌之光。尽管，我们不认识繁体字和狂草；尽管我们只有履历上的简化人生，并且希望它们是用字母打印；尽管，尽管我们已不能重组一座被自己亲手拆散的旧宫殿。

在河北正定，我曾在空心的凌霄塔内壁上发现一张刚刚张贴的手写经文：纸幅尺余，大多似以梵文书写，除了那句六字箴言。墨迹未干，已找不到那个神秘的僧侣。两只漆黑的燕子，宛若从玄机中孵化的精灵，飞鸣翻转，沿着塔内有限的空间上升。

我仿佛领会了某种玄机，因此慑服于塔的威力之下。无论是男童哪吒还是女妖白蛇，这些挑衅中的角色必须用塔来镇压：塔的内部更接近牢笼，让受惩者不能翻转身体；塔的外部更接近纪念碑，具有从天而降不可撼动的正义感。我有个偏见：相较于其他，塔更像有腹腔或深藏心脏的建筑。事实如此，塔里常藏着经卷、舍利以及许多不可轻易触碰之物，包括它自身的阴影。

许多时候，北海的白塔作为背景存在，它是照相机中的远方。我最为珍贵的几张旧照是在北海拍的，白塔总是在中景以外，显得有点矮小。九岁的我坐在船尾，从父亲的肩膀后面露出头来，脸上挂着小鬼般的诡黠神情。由于拍摄的瞬间船身突然晃动，照片的水平线倾斜，白塔恰巧出现在我额角的位置，既像一个镇妖之宝，又像从我头上长出一根怪异的角。

我记得拍照片的那个4月，春光如织，空气中仿佛有能被指头拨弄的金丝弦。我记得书包里提前准备的野餐：从糖水罐头里捞出光滑的黄桃；午餐肉带着不健康的浅粉色；面包上结痂似的硬皮。我记得在岸上采摘的蒲公英，风把它们蓬松的球冠吹散，葬在粼粼碧波之中。依照常识课要求，我收集过多种植物标本，把花叶压在字典里，它们枯死过程中会顺便弄脏几个词条。但蒲公英虚幻主义者的头部，导致它们难以制作成标本。多年后，当我阅读众口一词的历史，悲观地发现，史册中充斥着大量投机分子，多数理想主义者已被时间的风葬送于无名的中途……我就会隐约想起，蒲公英曾经消失在我指端的隐喻。

我唱过那首著名的歌曲："让我们荡起双桨，小船儿推开波浪。水中倒映着美丽的白塔，四周环绕着绿树红墙。小船儿轻轻，飘荡在水中，迎面吹来了凉爽的风。"恍惚之中，我并未发觉，正午的白塔，作为日晷上的秘密指针在移动。

是的，只有对比隔了数年的北海留影，我才能认出，白塔已是成长中的标记。当时的 4 月，划桨而行，父母既是指引又是阻挡，我努力摆渡自己，穿越湖面与逝水而去的光阴……在求剑的舟楫上，白塔留下一道清晰有力的刻痕。

## 回音壁

只有寂静时分，魔法才能降临，声音沿着青灰色的墙壁内弧反射，一句低语被清晰传递到相隔数十米的耳朵里。然而盛名之下，这里经常游客嘈杂，为了盖过他人，大家争相叫喊更高的分贝，却是徒劳无功、彼此淹没。所以，为了体验神秘的回音壁，我选择黄昏。当众人散尽，只有船锚形状的燕子，穿梭在夕照下的圜丘。

和诸多名胜一样，天坛用于皇帝祭天祈福。据说在回音壁倾诉能被神听见，从中可以印证神明伟大的听觉，坐临云端却能声声入耳。皇帝仿佛苍生的代言者，作为万众之舌，他向绝对统治者祈祷山河安稳、岁月丰收，祈祷远离灾变和兵燹……这时候，皇帝的身份其实也不过一个求乞者。

皇帝常常虚拟神的血统，既可以恩宠，也可以杀伐，那要看子民如何取悦于他。自恋的皇帝，在连绵不断跪拜着的"万岁"中体会的，反而是自己的声场在辽远地传播。权力多大，他隐形的回音壁就建造得有多远。他的旨意像种粒一样，能够发芽，生长，然后在枝头的果实里被千万次地重复。当然，掌权者必须提防角落里的忤逆之声，因此皇帝需要告密者，听到不祥的回音，他可以随时卸下仁义的微笑，成为有一千只耳朵的暴君。

祈祷，一再祈祷，表面上是期待神不负众望施展他万能的解决手段，其实希望神明事事回音般响应我们的要求。这无异于把造物主贬抑为低微的仆役，让他的决定变成人类愿望的回音。其实这是渎神，也许这种潜在侵犯让我们付出了巨大代价。我们发现，历史总以某种数学循环模式一再重复，体现出回音般的相似效果，尤其阴谋和暴行。而古老文明里那些由手工精湛的艺匠所创造的奇迹，却仿佛沦陷在失效的回音壁，被吞没了华丽的尾音。

西方神话传说中，爱上美少年的厄科，是一个命运受到惩罚的仙女，她没有形体，只会单调复述他人的话语。未被科学启蒙的世纪里,许多人以为回声就是山林中的厄科在淘气回应;也有人因此想象,世界上第一个科学家是发现回声并非精灵的人。

在无法判断现实疆界的童年,我也曾把回声想象为一个真实的隐形人。各国都有类似的童话,当某人不能独自消化秘密,他寻找树洞说出来,就释放了心里沉积的压力;但他不曾预料,洞口里的回声将他出卖,秘密以几何倍数迅速扩散。

作为一个害羞的孩子,我对藏在洞口里的隐形窃密者也是警觉的。当学校组织春游天坛,同学们纷纷进行回音壁里的声场实验,我只是把脸贴在微凉的墙壁上,倾听他人残碎的只言片语。我难以想象公共场合自己会大声喊些什么内容,又选择谁在彼岸接收消息。

直到多年之后,人迹寥寥,我在回音壁喊出自己的名字。我体会着自己的名字,声音追逐着声音,一个踩着另一个的脚踵……从那连环的呼唤里,我看到多米诺骨牌的自己,逐一倒向岁月的墙根。黑夜即将旗帜般降下,黑燕子融入回音壁上方的夜色,像船锚沉到海底,很奇怪此时我会想起跳海自杀的诗人哈特·克莱恩的句子:"我问自己:你的手指有没有足够的长度,去弹奏仅仅是回音的琴键;沉默有没有强大到,可以把音乐送回它的源头……"

时间流逝,秒针跟在分针后面亦步亦趋,像个碎步的仆人……听,它紧张中不忘蹑手蹑脚的小步子。回声,就像钟表动听而又凄楚的尾音。

我构思过一个微型小说,是在观看天坛出售给旅游者的画册中得到的灵感。它有些故弄玄虚,却缺乏结实的内在支撑,所以迟迟停留在梗概阶段,下面是其中片断:

早衰者醒来,感到自己的疲倦和萧条。他的头颈生硬,膝盖也像上了铁箍,从双膝的缝隙间他看着自己灰白的脚指甲,似乎没有入睡前尚存的一丝血色。

在回音城里,每个人的心脏都是一个闹钟。大部分人一出生,就会马上经过自己主神的校正——钟表走时准确,或者说,每颗心都相当于一个倒计时的计时器,以既定的速度前往墓碑。而早衰者发现,自己的心脏又多转了两圈,这在最近已是常事了,让人疑惧。早衰者决定立即去找修表匠,也就是兼作外科医生的泰姆先生修修,唯有他,能够了解问题出在哪儿。

医生发现,早衰者有个与众不同的热情的长脚分针,对世界充满了难以克制的好奇,它总是急于赶路,想去及早发现蕴藏在未来里的变化。有什么办法能让分针稳定在正常的节奏呢?如果它被永恒之妙吸引,会不会就此停住频摆的轴,不再让它的主人陷入慌乱呢?

医生说,他只能检查而不能调整心脏钟,当初拧紧发条的主神或许能够想出办法。早衰者努力寻找自己分针的设计者和装配者:他的主神,他想去追问,到底什么原因使主神对自己如此粗心。据说为了找到那个不知名的小神,早衰者还皈依了一种能够与神通灵的奇异宗教。他跋山涉水、风雨兼程,除了尽快找到拯救者他忘记了世间的一切。

早衰者没有醒悟,自己急迫地寻找和分针对结果的好奇是完全一致的。分针更快地转动,似乎尽快跑完它已不耐烦的马拉松,才能及时完成早衰者焦渴中的心愿。他的分针从竞走变成慢跑,然后疾驰,和秒针并驾齐驱。

不久,早衰者走到了命运的终点,气力像游丝一样离开他多褶的皮囊。分针的耐心从来有限,现在它甚至对自己的好奇心都不耐烦了,终于和秒针折叠在一起并停下。早衰者把最后的气力用来流下最后一滴眼泪,他幡然领悟:是他自问的旅程使自己徒耗一生，而他自己的好奇就是分针的好奇。早衰者无力回到故乡，回到回音城与泰姆医生重逢。早衰者在死寂前的恍惚中，想起泰姆医生……是的，他，很像。据说由于粗心，某个小神曾经被贬人间，就隐身于回音城。早衰者最后一次，想起泰姆医生瞳孔中精确至微的刻度。

  幼稚的小习作，是个雏形的寓言体，它似乎又在残缺里自足，因为始终抗拒我去完善它。曾经连续几天中午，我都半梦半醒地想起它；等午后醒来，我就像一个掉落的分针那样笔直地躺在床上，停在自己的表盘，停在回音壁般的空旷里。室内，唯有挂钟的秒针之声在耳畔，它不断吃掉自己摆动中的阴影。窗外下雨了，我变换了一下姿势，继续躺着，听任秒针和雨滴声将时间里的我拆解。

  雨声不息……洞穴里一滴清凉的水滴下来，其他的，都像是这滴水的回音。回音壁所藏纳的最初源头，恐怕永远不会重现，仿若匿身宗教之中慈悲或严厉的神。

## 废墟

　　第一次到圆明园,我还是个热衷郊游的小学生。记得那辆被临时征用的 22 路公共汽车,记得我们在颠簸中奋力地合唱,还有书包里的火腿肠持续造成的肉香诱惑。学校每年组织一次户外出行,香山、陶然亭、樱桃沟等。我记得某年杨絮漫天漫地飞舞,在这盛大而温暖的雪团之后,隐隐看到故宫一片华丽的檐瓦——那次春游,几乎让我产生凄迷而早熟的伤感,觉得自己正被什么柔软地摧毁。去圆明园活动,冠名为"爱国主义教育",然而来自历史的耻辱并不能在孩子的心里累积重量,我们只是惊讶于自己被汽车倾泻到一堆断壁残垣旁边。

　　我们没有耐心听从老师语气庄重的讲解,没有兴致辨识图像混沌的黑白照片,连圆明园大石头上浮雕的植物和异兽也不能吸引我们——何况,它们只剩下片断的花纹。除了能在荒凉开阔的野地里追逐奔跑,这里毫无乐趣。留下来的印象,唯有残石上的西式雕凿,像生硬的石膏花,泛着与材质不符的脏奶油色;还有夕照中的一片芦苇,诗意萧索……殉葬的植物。

第二次去圆明园，我迷失在万花阵之中。这座用四尺高的雕花砖墙组成的迷宫，复建不久。我不断碰壁，气馁不已。尽管，"迷宫"是个分外魅惑的概念。我知道，在古老的中秋之夜，宫妃们曾手执莲灯在万花阵里嬉戏，笑靥生动。月光，如同弥散整个世界的金色花药；在这圆瓣的巨型石头花里，藏匿着绝色的歌伶与舞姬……迥异于今天，那是已逝的情怀。在讲求效率的工业社会中，需要的是直接、简明、不走弯路；万花阵相反，它是一座自我封闭的娱乐场，没有暗示和标志，在蓄意的误导中，在重复的缭绕中，迷宫制造智力和体能上的惩罚，从而使身陷其中的人获得乐趣。

……我丧失方向感，越走越焦灼，很长时间没找到万花阵的出口。我觉得自己笨，像只慢蜗牛。万花阵也像封建社会遗留下来的一只蜗壳吧？石形圆阵，移走不动，中间被蚀空全部的血肉。很奇怪，我恰巧在镂刻的石纹间发现了一只附着其上的真蜗牛：壳体脆薄，行动迟缓，对它来说砖墙上的图案已是阻碍前行的迷宫。天线般的触角，那么细，在空气中小心试探——触角是蜗牛的行动指南，因为它已如维纳斯丧失双臂。这个带有残疾的幼婴，它匍匐在自己黏稠的体液里。当它胆怯、疲倦，就蜷缩进完美的螺旋之中……进入由一条线组成的迷宫。

圆明园曾作为艺术村盛极一时，集中着渐渐声名鹊起的画家和诗人，也不乏以艺术为名的骗子——骗子首先是成功骗过了自己，为自己加冕了伪造的身份和荣誉。当代艺术品被天价拍卖的神话时代尚未到来，彼时彼境，这些被生活腌出咸味的底层艺术家多在困顿中挣扎和坚持——圆明园艺术村，体现着20世纪最后的浪漫。几年之后，树倒猢狲散。圆明园艺术村就像现代迷宫，凭借金羊毛找到出口的人成为英雄，也有无名者被无名的怪兽吞噬。

潮涌潮退，圆明园的名字就像遗留在沙滩一枚罕世珍贵的鹦鹉螺，无论拥有多少旧武士的尊严，也与我的生活无关。及至中年，我对圆明园的了解才略多于中学历史课本上普及的知识。

圆明园与北京众多古迹的不同之处在于：它是废墟。

世界上有些圣地，带有明显的废墟感，比如庞培、吴哥窟、罗马斗兽场，空旷、盛大而神秘，远比新建筑令人尊重。所谓废墟，必然经过毁灭，但正是毁灭使之比完整之物更具力量。巨大的时间溶解在废墟里。如果说时间是有具体形状的，它就是骨殖、化石和连绵的废墟。废墟是所有伟大之物的终年，但我们甚至说不清废墟的生死。方死方生，方生方死，它漠然超越生死交界的那座短桥。废墟并非被魔鬼所摧毁，仿佛出于对时间的信仰而甘愿瓦解。作为废弃之地仍如此辉煌，废墟见识过杀戮、离乱、掠夺，见识过足够的眼泪、嘶喊以及足够的鲜血和焦骸，却保持地老天荒般的沉静。

废墟荒寂，鸟雀乐于在此筑造新巢。对它们来说，这里提供众多借以庇护的孔穴；某些不为人知的隐秘角落，甚至已沦为蛇蝎乐园。废墟无人居住，因为没有凡人能够匹配和驾驭……荒凉到唯有神能居住其中。它们就像神的故居，由于偶然的原因被遗弃。我们看到暴雨后的残红，都不免惋惜：美被肆意破坏而不受吝惜；曾经至尊至美的建筑变为废墟，遭到无动于衷的摧毁——也唯有神，享有那样无情挥霍的资格。所以人神相遇，除了天堂，还有废墟。川端康成的隽语令人联想："颓废貌似远离神，其实是捷径。"

夕阳下的圆明园，有着略带沉重的末日感和亡灵乐于沉入其中的寂静。废墟，这个词的意义在于，使建筑像花朵一样享有自己的凋谢；废墟的非凡也在于，置身它的绝对寂静里，仿佛就能立即回到它的全盛时代。那是一种通过悠久的死亡而进入的永生。据说，圆明园是伟大的奇迹，其实它是从神明般不容怀疑的极权出发，由每个工匠身上的智慧来实现，如同夕阳下每粒尘埃都散发碎金的光芒。我从没想到美，还可以包括令人战栗的极权以及随后的摧残——或者说，只有不能被摧毁的才成为大美。我在废墟上看日落汹涌，看晚霞燎烈，无边席卷，就像许多年前的那场浩荡的火。

圆明园毁于大火。

燃烧的火焰，保持着不可思议的温顺和柔软，但它攻无不克，比锋刃更令人畏惧。火焰里有罕见的金色，有硫黄般的腐蚀力和溶解万物的热度。这个世界，有什么能作为盛纳火焰的绝对器皿？火象征光明，同时也能象征它的反面：黑暗。如果说原始人炙烤兽类的火，普罗米修斯盗自天堂的火，都象征文明；那么这种焚毁文明的火也象征野蛮和残暴。圆明园，繁复而浩大的工程，烧掉它，只需一把简单的火。这是历史上最奢华的火吧。因为它用尽天下最昂贵的燃料：从阿房宫到圆明园。

火焰过后，空无一物。然而，圆明园剩下的灰烬依然富可敌国。世间有什么东西，烧灼之后依然美得惊心动魄。"圆明园"，这几个字仿佛经过煅烧的绝世珠宝。美的生命力如此强大，甚至它的灰烬。圆明园，曾经的醉生梦死，曾经的国殇，它的来历与毁灭……到最后什么都不重要了，美的分量重于羞耻。

其实，圆明园的美正在于它的消失，在于它只剩下一个等同奇迹的名字。这朵不能从火焰里复活的玫瑰，这个我们从未目睹的地方，成为巨大而至美的幻境。它符合神话的所有气质：瑰丽而虚幻，悲伤而至尊，它像亡灵般拥有全部的褒义词。

美若深渊，不可测探。圆明园：一座成为神话的想象建筑，一个被经常谈论却从未彰显的奇迹……我想说，天堂的性质莫不如此。

## 枯树

过度的炫耀，意味匮乏。景山，从字面上令人猜测它的卓越风光，但相较于北京的诸多名胜，景山面积袖珍、内容单薄。在我看来，由于地理位置毗邻故宫和北海，它才近水楼台，有几分仿若的声望。

景山纯粹是山，没有作为掩映的湖水；那座土丘曾叫煤山或万寿山，是当时开挖护城河的泥土堆积而成，爬起来毫无难度，体健者一口气跑完全程，无须中场休息。高度仅为40多米——然而，这就是当时京城的最高峰。景山分布着均匀排列的五座亭子：欢妙亭、周赏亭、万春亭、富览亭、辑芳亭，除非看资料，否则我永远弄不清。旧时每座亭内均设有一尊佛像，统称为"五位神"，又有代表"甘、辛、苦、酸、咸"的"五味神"之称。对此我有自己的记忆方式，我秘密把五座亭子依次命名为宫、商、角、徵、羽，使之具有错落的音阶之美。

崇祯自缢于景山。我对历史所知甚少，但很小就知道明思宗这个倒霉的吊死鬼。不耽犬马、不惑女色，崇祯勤于政务而从无宴乐，只为守住气运渐弱的山河。结果颇具反讽，积弊深重的大明王朝倾覆在他的脚下；不仅如此，贵为君主的崇祯死得如此潦草。他自觉愧对基业、无颜祖先，因而取下皇冠，披发覆面，崇祯用腰带把自己吊死在一棵驼背的老槐树上。这种死法太不体面，缺乏遮羞的垂幕；吊死的崇祯两天后才被发现，他的衣裳下摆被风吹动，仿佛王朝用于谢幕的简陋布帘。

崇祯自缢之前，他的妃嫔已死，或在他的授意下投缳而去，或被他的宝剑刺杀。甚至自己的女儿长平公主，也被崇祯剑斩双臂。这是皇权最后的威武。当钟声没能召唤文武百官，至少在亲人的范畴，他依然是绝对的王，有权御赐生死。

"朕非亡国之君，事事皆亡国之象。"悲怆的崇祯回天乏术，因为王朝之树的根系已朽烂。即使崇祯曾沥血浇灌，枯树再也不能养育什么——环绕左右的臣子与姬妾早如叶败，只剩他，还孤单吊在枝头。槐树是崇祯最后的栖枝，可惜他不能像鸟那样占有一个枝头并享有自由。一具皇帝的尸体：熟到发烂的果实，与枝头联结的梗是脆弱的；等帝王的头颅垂落的时候，一棵王朝的世树就彻底枯死。

一本关于死亡的科普书里说，自缢者临终的身体反应不同：有人在宁静的恍惚中离世，有人无法控制排泄物，有人却导致奇异的性兴奋。那么垂挂槐树的真龙天子，是否获得失重般轻盈的解脱？还是因失禁而失了体统，甚至虚张声势地勃起——有如那个王朝临终的迷狂与失范？

起义军浩荡而来，由远及近卷起的大风，吹荡这枚瘦果子……吹干水分，吹干一个人的血。世界喧哗，而枯树和它的残果将熄灭曾经的尊严。

宫殿的任何梁柱都承得住一个衰王的体重，崇祯为何选择景山？景山本身无景，但以此为坐标，登高，他可以鸟瞰紫禁城和地图般铺展眼前的疆土……可以，望尽最后的天涯路。

如今登上景山的制高点环望，拔地而起的参差建筑物阻隔视线，早不是帝王眼里的天地。我在一个黄昏登上万春亭，目睹的景象依然令人激动。夕光正穿过那些大体积的云朵，辉煌的金红色铺满天际；云阵排山倒海，层层叠叠，直到目力难以抵达的远方。通约的比喻把它们形容为峰峦或海浪，其实不，只要你在景山眺望过那样的晚霞、那样的云，你就会认同：云天浩荡，檐宇巍峨……它们是天上的宫殿，天上的紫禁城。辽阔的穹苍之下，是故宫低垂的重重瓦檐：起伏连绵的金色，鳞次栉比——在某个难以聚焦的瞬间，如同蜃气中的幻景，我看到一条卧龙巨大而发光的鳞甲。

遥想崇祯当年，即位不久就大力铲除阉党，决事果断。纵使面对的是满目疮痍的残局，他依然励精图治。每到重阳节，这个血气方刚的年轻皇帝在景山上登高远眺，也曾看到紫禁城的层叠檐瓦一如巨龙的护铠。龙，尊贵而永不寂灭的神话。那时的崇祯心怀远大，这条耀动光芒的龙在他的想象里，是否意味着一场辉煌的帝国梦？他在这里看过多少柳色的春天、柿色的秋？他是否从星宿的变幻中猜测大明的气数？投缳之前的崇祯是否曾爬上万春亭观望,城外烽火连天,他是否从烟与焰腾起的蜃气中遥望故宫的瓦檐……最后一次,遥望他金色的结痂的王朝?

宫墙如血。因为那个至尊的宝座,多少高潮迭起的戏剧在紫禁城里上演。宠臣爱妃,结党营私,争权夺利。多少皇帝衰老而荒淫,多少幼齿者被扶上圣殿,却注定成为被废黜的王。没有永固的江山。那里是阴谋丛生之地,有狐媚蛊主,有妖言惑众,有狸猫换太子,有训教后的木偶臣子和刀斧加身的冤魂……那里有吉凶未卜的王。皇冠的金色非常沉稳,只有综合了血的力量,它的荣耀才能如此昂贵。多少朝代更迭,一切并不陌生:从刀刃下滴血的头颅,到绞刑架上钟摆般悬垂的身体。

崇祯走向他的绳索——无人不在命运的圈套里。此时,在遥远的北方,女真族的铁骑踏遍草原。这是狩猎季,这是弯弓下被压低的草原,某只被箭镞射中的雌兽咻咻喘息,不久将熄灭瞳仁里的水晶光芒。马背上这些努尔哈赤的后人,将击败短暂称王的李自成,建立清朝长达200多年的统治。崇祯无从得知身后事,他闭上眼帘,像那只被弓弩所伤的赴死之兽,他渐灭眼里微弱的烛焰。

## 神像

雍和宫，这个名字气象端庄，有种雄浑不迫的大美。雍正驾崩，曾在此停放灵柩，乾隆又诞生于此，两任皇帝使雍和宫成了传说中的"龙潜福地"。

我曾经就职的中国少年儿童出版社位于东四十二条，距雍和宫很近。数年时间，我每天都路过这里。空气中弥散着低回的藏香，为了强化效果，沿街一些店铺用的是尼泊尔香。下班时仓促的车行和人流中，我时常眯起眼睛，瞻望雍和宫的檐脊。它的宫殿在夕阳里，通体辉煌，琉璃瓦呈现一种通透的、令人窒息的琥珀色。与周围相比，它格格不入又超拔其上……有如沙漠中的海市蜃楼，彰显神迹。

我数次进入雍和宫，可即使身置其中，也感觉它的内部存在着永恒而盛大的远方。

走过三座牌楼，两侧种植银杏，无数把悬空的精巧折扇，荫护着中间清凉的辇道。到了雍和门前，是槐树：羽状复叶之间，密生月光色的碎花。北京常以槐为行道树，但寺庙中的槐似乎因其特性而另有寓意。它是重要的蜜源植物，供养最微小的昆虫。花蕾可以食用，它是饥饿时的粮食和营养；果实、根皮和枝叶均可药用，它是可以驱毒止血的清凉之物。与其他豆科植物不同，它的根部没有寄生的根瘤菌。它的果实是念珠形状的。弥散着沉静、古老、浸润万物的香气……雍和宫的槐树，与佛教有关。

万福阁的弥勒佛像由整根白檀香木所雕，高26米，法相庄严。我小心翼翼地仰头，看到来自拱顶的光，正照亮大佛金色的眼帘和肩臂上生长的莲花。大殿内部幽暗，越发衬出高处的照耀。我想象，那些僧侣如何清修自持，如莲，尘世浊气经过内心的吐纳，然后他们仰起从淤泥中开花的脸……佛依旧不语。对称于世间喧嚣的，是神隐身的宁静。仰望大佛，唯有习惯了太多灾难，才能有那样普度中无限安详的眼神。坚忍的修行者，如同蚌贝酝酿珠粒，他们毕其一生酝酿了骨殖里的舍利……以包容的态度来承受苦难，他们一生所求，只是为了理解佛像眼神里的宁静。

为什么越高大的佛像越被尊重，越遥远的神越被敬畏？当我仰望垂得很低的夜空，群星蜂拥，多到不可思议，我会遐思天国的存在，并猜测神为何作为隐居者，栖身苍茫。祈祷必升起在我们的内心，神示必降自不可企及的远方……不知为何，我暗怀伤感。仰望星空时，我们有若沉入深井，并且难以分辨自身所在的井里，究竟盛满清凉的水还是早成干涸的枯底。安详和空虚都状若宁静……神的眼里渊深莫测。即使我们的脸上全是孤儿的表情，也难以被显灵的手所安慰。也许神的好处，就在于不被人类的自私所扰，漠然或是悲悯，他可以随时，独自行走在高处的清凉里。

人类具有某种奴性和贱性，只尊重伟大而不可触及之物。看到怒目横眉的造像，我曾疑惑，神为什么也需要金刚霹雳手段，而不是一味的菩萨慈悲心肠？或许，暴烈不是神的污点，而是我们的污点——因为亲昵生欺侮。假设没有制约和惩戒，我们会把主人践踏为奴。

雍和宫香火很盛，这里集中着参观的游客与各怀心事的男女。香客们或三叩九拜，或停留在法物流通处寻请庇护。求财求名，求有子嗣而无疾患，求事业通达、婚姻美好，求金榜题名、红运当头……求的多是世俗利益。很少有谁去关心，如何把"贪嗔痴"转化为"戒定慧"。到处是人头晃动的许愿者。看似虔诚，但许愿有时是最懒惰的行为，因为无须付出格外而漫长的个人努力，人们燃香跪拜，花费最低廉的成本，运用最简易的行为——他们把庙宇当作神灵高效的办公地点，让心想事成。

是不是，当我们欲望频繁，神便忙碌？假设如此，神岂不沦为仆役？神的尊严，难道不包含着对我们的蔑视？我们的敬畏与恐惧，难道不正因为，神常常对我们的欣悦与痛楚无动于衷？而且因为，他具有隐而不发、狂欢般的暴力。或许神的沉默另有深意。如果善有善报、恶有恶报成为绝对的律条，那么所有人都会从善如流，从善就此转化为投机行为。只有非功利的善，只有坎坷无数而依然坚持的行善者，才怀有纯粹的慈悲。

中国境内有许多著名的大佛，巍峨如山。我有时想，神有没有可能是低微之物？当孔雀展开尾屏，用尽自身全部的华美去敬仰……对面，不过一只暗淡无光的雌鸟。有没有可能，神，素朴到赤贫，平易到低微？其实低微最具力量，如同巨兽也会屈从于细菌的统治。也许，神无处不在，从无穷大到无穷小……如同真理填满生活中的每道缝隙。

我想起那次边疆旅行。当地为了兴修水渠，要把阻碍在河道上的一座旧庙搬移新址。物什杂乱堆积，一副破败之相，看来这里的菩萨不能自保。我四处闲逛，看到一间顶部开窗的高大房屋，门上别着两道粗犷的铁锁。好奇心驱使下，我把脸贴向狭窄的门缝向里观望。最初，目力所及只是一团没有层次的黑暗，我嗅到从中溢出的木头微朽的霉味儿。当我的视线逐渐上升，穿透顶棚，一小束狭窄而强烈的光从天而降。尽管照亮的区域极为有限，但足以使我震撼。光带，从左颊延展到璎珞……那是一尊被部分损毁的佛像，散发着模糊的光彩。尽管周围的黑暗仿佛没有被驱散，而是凝结为更黏稠的物质，我依然从中渐渐辨识出堆积在地上两段神像的残肢。斑驳不已的造像，浑身的漆皮陈旧、起皱、打卷。在大神身体上潜伏的日月，软鳞般缓慢剥落……其实随便一片，都是我们沉浮此生的方舟。在那个灵光乍现的瞬间，我体会到，旧比新更加迷人，被囚的神比自在的神更具力量，残疾的神比万能的神更令人屈服。

另外一个相似的神迹故事，来自朋友的讲述。

朋友和我平日联系不多，所以我并不知道，怎样的浅爱与深恨渗入他的掌纹，只知道中年过后，他倍感消沉，药物治疗和心理帮助都不能使他重怀对生活的热爱与信心。往日的迷恋忽然失去意义，无论是谜语般布满悬念的文字，还是宴乐般的美女，全让他抗拒。厌恶，由衷的厌恶——从天上到地下，他看到的，都是腐烂。梦想，变得海市蜃楼般稀有，没有希望的等待变成一种习惯性的灾难。朋友甚至想过自行了断，主动摘除自己与世界勾连的那根绳索。出于潜意识里的自救，他开始游历山水，但愿道路有奇迹。

某天，朋友来到一座城外古庙。说是古庙，其实老得只剩个地址，建筑和文物多半毁于"文革"。外来商人动了承包的心思，重整河山，大兴土木。维修偏殿的工匠正用砂纸打磨漆柱，噪声频繁，深红的漆色倒是慢慢养润起来，仿出几分古意。可惜，殿内刚刚草勾墨线的绘壁格调不高，匠师丢下画笔去讨要工钱了。朋友撇撇轻讽的嘴角，准备离去。"轰"的一声，地面剧烈摇晃……不知道爆炸还是地震，他体会到难以名状的惊恐，本能地奔逃到户外。

剧烈的摇晃很快结束。仅仅数秒，偏殿的一面墙塌了。惊愕于意外来临的事件，朋友呆立在那里，直到烟尘散去……他看到摔裂在自己脚下那些有颜色的泥块。当朋友抬起头，完全怔住了。受到剧烈震动而剥落的表面墙体后面，竟出现半幅瑰丽绚艳的壁画。那是被信徒用假墙和草泥保护起来的始终隐匿真身的古老壁画……刚才的灾难中，菩萨彰显了宽恕中的一角襟袍。

数年后，我专程拜访那座古庙，得以目睹传说中的壁画。也许是城市污染的后果，庙里的石雕积着一层可疑的粉尘和油垢。壁画绝无朋友描述中的鲜艳，历时漫长的矿物质颜料大量脱落，边角像病鱼起了满身的逆鳞。

……但我的朋友坚持，说他目睹了壁画显现瞬间那骤然抵达的光辉，身心被照彻。他流下泪，忽然初洗如婴。

## 墓道

我印象最深的场景，是辽阔神道和两侧的石像生。皇帝灵驾必经此路，彰显威仪浩荡。我知道龙头、马身、鱼鳞的麒麟是神的坐骑，它头顶的鬃毛展开如旗；而獬豸披拂浓密的体毛，瞋目而视，样貌分外古怪。这种勇猛公正的独角兽，据说能够分辨曲直，可从争斗双方中作出判断，用角顶触坏人，然后将其吞噬。西方把独角兽视为纯洁的象征，看到獬豸以暴制恶的形象，很难与对纯洁的习见画上等号。或许，无知只能造就初级的纯洁，邪恶把它当小点心塞进牙缝；若有知而无畏，凛然不可侵，才是更高的纯洁，可以制衡这个世界诸多的不洁。不过我对獬豸的兴趣另在他处。原来，幻想是有重量的。獬豸和麒麟是存在于头脑的抽象之物，在十三陵的石雕中却以最结实的形态现身——这几乎支撑我对写作的某种信仰：要使自己的想象具备现实的重量。

十三陵，埋藏13位皇帝、13位皇后、2位太子、30余位妃嫔和1位太监。隐没于此的人，看尽荣华，拥有终端肉食者令人胆寒的尊严。同时，权力之巅的王座，又是阴谋与杀戮的频生之地，甚至目标所指，正是宝座上的皇帝本人。宫闱之变如此寻常，从宦官专政、狐媚蛊主，到父子反目、兄弟相残。如今陵寝比邻，仿佛隔世抵达的温暖……他们活着的时候，也许牙撕扯着牙；好在死了以后，可以骨头挨着骨头。

定陵的地下宫殿被称为玄宫，由五座石结构的墓室组成。冰冷的花斑岩地面，顶部形成的拱券结构，以及空旷的内部……身置其中就像进入巨大的石棺之中。行走其间令人恍惚，我想如同水面折射倒影，有多少辽阔的王国就隐没在我们奔行的大地之下？埋藏，不可目视，它们就像这个世界腹腔里的内脏。正如我们的表情受到皮肤之下各种秘密系统的控制，一些遗址和遗迹依然指挥着今天的运行——亡灵之声我们无从听见，但他们通过遗言汇聚所成的传统，继续完成对世界的统治。

玄宫主室在后殿，用于陈设帝后的棺椁及随葬品。我小时候看到那些"红漆木箱"时吃了一惊，不知道选择的颜色为什么如此喜庆，帝后的灵魂要赶到天国结婚吗？其实我所看到的是仿制品，真品早不复存在。1966年"文革"期间，万历皇帝和两个皇后的棺椁被扔到外面的山沟里，遭到当地农民哄抢，拿去制作自家的棺材了。皇帝的东西肯定非凡，包括他们的身体。一个相似的例证，我想起西方画家曾推崇备至的颜料：普鲁士红。它近于褐色，风干缓慢，会为画面蒙上一层效果极佳的透明浅色。这种价格昂贵的颜料，配方里包括油、香料以及尸体上分泌出的神秘有机物质。1793年，存放在教堂里的保护匣被捣毁以后，一些国王和王后的心脏流落于市。画家圣马丁和德洛林买下这些心脏，用以调制普鲁士红。人们至今可以在卢浮宫欣赏到德洛林一幅名为《厨房内》的油画，它的一部分颜料正是用王室成员的心脏调制而成。死亡剥夺了皇帝的尊严，他们的黑色结局带有嘲讽的意味，像从此堕入大比重的地狱……或许那是一种有关来世的法律。

我一贯畏惧丧仪之事，但我目睹过的精湛器物大多出自玄宫般的幽暗地下。忍不住流连博物馆的展柜前，欣赏那些玉蝉、象牙梳、漆匣、瓷盘、陶簋……难以言述的美可能盛开在任何之处，无论是礼器、工具或兵戈之上。皇帝们曾相信，死后虽然身体不能移动，但幽灵依然来去自由。他们愿意相信，对记忆的埋葬也意味着它被浇灌，意味着更为繁茂的重生，如同裸露出来的种子被埋进土里。然而，无数时代消失于地下的珠宝，一旦出土，更为价值连城，像奢华的种子结出数倍的果实……所以才会吸引抡动锄镐的盗墓者。复活的殉葬品枝繁叶茂，墓主却灰飞烟灭，甚至没能保留下一副骨架。即使贵为天子，显赫的背景也不过是为珠宝增值——那么，究竟谁才是谁的殉葬品？

随葬帝王的不仅止器物。我记得在西周燕都遗址博物馆，某位身材高大的墓主人旁边，陪葬的是个10岁左右的孩子——孩子的头骨已经破碎：旧黄色，呈现龟甲般的纹裂。至高的皇帝，理应索求更多的美、更多的沉沦。我想象那些陪葬的妃子，她们的美是否从未得到真正关注？或许，被发现、被欣赏的美反而意味提前到来的更大悲剧？我在定陵碑亭附近休息时，恰巧一只蝴蝶翩跹而过，然后它落在阴影斑驳的地面，像被秋风吹拂的落叶般颤翅，这使蝶翅上耀目的眼斑形成扑朔迷离之美。一个兴致勃勃的少年赶来，他瞬间就用捕网袭获了蝴蝶——它将变成几分钟之后的标本。强迫动态的美静止下来，否则人们的心就无法安宁。我很早就从《巴黎圣母院》里看明白了这样的真理，爱斯梅拉达必死，如同蝴蝶的命运一样，她身上那令人疯狂的美只有被强制停止下来，道德和宗教才不必继续支付体能上的代价。美人啊，她们身上的美牵动我们就像一道致命的绳索……所以，需要适时关闭她们发动世界的引擎。

赴死的妃嫔令人唏嘘，对她们来说，所追随的王甚至是无比陌生的。而凡人的婚姻其实也与死亡秘密相关。当我们在婚礼上信誓旦旦……什么叫白头偕老？无论是出于激情还是出于生存的惯性，所谓夫妻，所谓终身相许，不过是彼此选择安葬自己的人。没有比这更隆重的托付了，我们将把自己的死交代给对方处理，把短暂或漫长的睡眠都交与这个枕边人。无论谁，我们都将被某一个瞬间所摧毁，失去爱，失去恨，失去所有和汹涌有关的能力——死亡是最大的公平。

我们每个人都携带着死，携带着必然的个人末日。那是一种无法逆转的力量，它像脊椎一样支撑在身体的内部。肋骨形成皮肤下的笼子，那些横置的栅条里面关着谁？我们的嘴不停开合，把食物咽下肠胃，一生努力，为了把每个人体内的死神喂养大，大得撑过我们的皮肤……最后死神张大嘴,把我们作为食物咽进混沌而黑暗的管道。原来每个生命,都是死亡的恩人。从另一个角度讲,只要活着,我们就需要吃掉什么用以完成及时的消化,所以我们不仅每天喂养自己体内的死神,同时自己也成为他物的死神。人类总是设想死神可怕的样貌,其实他的形象对我们来说如此熟悉——我们自己,正是死神的镜中人。

  我认识一个胆大的乡村少年,他曾穿越荒郊野岭上的墓地来锻炼勇气。而我畏惧,那里全是不祥的气息,据说夜晚能够看到飘来飘去的磷光——也只有那里,能燃烧冰凉的火。白天十三陵游人如织,入夜之后,气氛沉重。当定陵上的月亮升起,如同受损的玉玺,我想象蝙蝠从洞穴中倾巢而出,卷起黑色风暴;而在更远的荒原,秃鹫受到死亡的鼓励,盘旋而上,开始了高处的舞蹈。

  流星消逝,为了夜空恢复更疏朗的排列;我们死,为了腾空大地上一把窄小的座椅。

## 戏 台

那年电视剧《铁齿铜牙纪晓岚》热播，张国立饰演纪昀，王刚演和珅。看了几集之后，我重新翻了翻纪昀的《阅微草堂笔记》，又想，有时间去恭王府看看——那最初正是和珅的府第，后来才被御赐给奕䜣。王刚版的和珅形象富态，但作为乾隆宠臣的和珅其实是眉清目秀、相貌出众的美男子。去恭王府我只是当时动念，转瞬就忘，直到我多年后做了个奇怪的梦。

我梦见自己的初中同学浆果。她梳着明媚的童花头，眼睛里流光溢彩。浆果是我们物理老师中年才得之不易的独生女，因此恃宠而骄，像个娇滴滴的洋娃娃。不知出于什么心理，我在梦里力劝她去贵州的偏远乡村工作。结果，她客死他乡。失独的父母绝望，我无动于衷，葬礼结束之后我才开始反省：如果没有我的劝说，她活着，健康地。我忽然因介入她的死而内疚，痛楚不已，难以面对她的家人。此时我所处之地变成了一个极为促狭的房间，像缩在黑蜗牛的背壳里。从窗口望出去，屋顶的灰瓦挂着蛛网；再向前望，看见远处一座高大的三层建筑，像是宫殿与教堂的结合体。乌云低低地压近,让人透不过气,我满怀恐慌。好像有画外音告诉我,一旦前往那座建筑,我就能解除心理障碍;但当我努力尝试站到屋顶、向神秘建筑物遥望……巨大的畏惧阻挡了我。有一天,我去妈妈的医院玩儿,抬头望见相似的场景,竟然就是那座建筑的侧影。我犹豫地来到它面前,绰约的人影在里面晃动,我不知道自己究竟到了教堂、宫殿还是医院。仔细辨别,令人难以置信,这竟然是一座戏楼!我的脚像蹼一样获得上升的浮力,我看见自己的身体渐渐悬起,我由此看到建筑的第二层和第三层,同样,是戏台,歌伶舞伎正走马灯似的旋转。

那个梦,笼罩着某种宗教的氛围和隐喻,以至醒来我依然恍惚。为什么偏偏是戏楼?由此又想起恭王府,那里,有建于同治年间、独一无二的全封闭大戏楼,也是至今唯一还在进行演出的王府戏楼。

每每到外地旅游,接待方通常把古戏楼和古戏台作为重要景点。印象深的有两次。一次是在山西境内一座名声大噪的戏台,我冒雨参观,场面却凄清。雨水渗进戏台瓦垄间,滋养了几蓬青草……空无一人,失去戏剧的舞台,除了雨声只有寂静。那个时候,我忽就觉得戏台的幕后就隐藏着时间的脸:它有旧书纸样的肤色、湿木头的体味。另外一次是在嘉峪关戏台，壁画潦草、粗陋，我不喜欢，还是那则楹联令人感慨："离合悲欢演往事，愚贤奸佞认当场。"关外的风沙，历史深处的嘶鸣，都无形无迹，这个暖金色的黄昏，有着母羊一样略带腥膻的安逸。从来如此，更大的戏剧远在舞台之外。

距离越近越陌生，区区数公里外的恭王府倒没去过，也算遗憾。于是我挑个秋日下午，想去恭王府的大戏楼看演出。

我童年听过不少折子戏，并非个人偏爱，因为姥爷是戏迷。我记得那个绿皮革外观、旅行箱似的电唱机，唱片或是黑胶，或是薄薄的塑料片——后者赛璐珞的脆质与水果糖般的艳色，与京剧的端庄形式不符，看起来源自后工业时代的设计风格。姥爷摇头晃脑，沉迷于密纹里略带颤抖的唱腔。我不喜欢听唱片，从那些深陷划痕的声音里，我无法目睹演员穿蟒着氅或披拂璎珞的华美戏服以及釉彩丰富的脸谱。即使坐在戏院里，我也难以忍受老生老旦，再铿锵也沉闷，他们了无生趣，站桩似的咿咿呀呀、没完没了；我有时也不倾心青衣的典雅，工整得缺乏诱惑，即使醉酒的贵妃在洒金折扇下徐徐弯下腰肢，给我的感觉只是雍容导致的行动不便。唱念做打，小孩子最爱武戏的热闹——武生耳畔点缀着孙悟空那样的绒球,且也有孙悟空那样的本事,把一杆枪棍舞动得像直升机的桨翼;刀马旦俏丽活泼,翎子像天牛的长触角神气地摆来摆去。然而,我知武行不易。戏班的童伶在街心公园里晨练,深蓝的运动衣上满是汗渍和土迹——他们把自己的身体弯折到不可思议的角度,几近酷刑。两个臂肌隆起的师傅同时骑坐在一个七八岁的幼童身上帮他压腿——孩子痛得五官变形,开始只无声挣扎,然后撕心裂肺地哭泣。这是日常的痛楚,没有安慰的怀抱用以缓解。武行演员,早在童年就懂得必须从持续的痛苦折磨里才能讨得不稳定的未来,他们是日复一日习惯对自身用刑的人。

到了恭王府才知道,大戏楼不接待散客。即使是团队,凑够两百人左右,才能在廊柱绘满藤萝的大戏楼里看上几分钟杂技之类的节目。演员在此献技,全凭戏台下的水缸传音,声效奇佳。而今窗门闭锁,缎黄的帘子牢牢实实地遮挡,我只能隐约看到高悬的宫灯。

这是秋暮,午后的暖阳照在大戏楼的檐脊。游人拥塞着进入石洞,去摸那块多子多才多寿多田的著名"福"字碑;咫尺之遥的大戏楼这边,人迹寥寥。我长久坐在戏楼旁边的沿廊里,忽然很想姥爷，想起他带我看过的那些戏，那些义臣与昏君、娇娘与妖异。

……许仙应该如恭王府的旧主和珅一样，都是风姿绰约的男人。但看着他的鸭尾巾和福字履，我怎么也想不明白，白蛇为何因他意乱情迷？许仙如此庸常，既不坦荡如山又非情深似海，只生了一副吃软饭的样貌。白蛇修炼千年的功力，竟敌不过皮相上的吸引？胡琴声声激越，许仙运用小生特有的真假嗓，尖细而高渺，引起戏迷一阵喝彩。小生往往有种内在的女气，如此更颠倒众生，就像能成为梨园巨擘的花旦都是男人。戏剧里的美学雌雄莫辨、令人迷惑。

还有包公戏《铡美案》。无法维护的平衡里，无法折中的恩义，令黑脸的包公内心辗转。曹操的白脸、包拯的黑脸、关羽的红脸，脸谱直接概括了主人公的性格。京剧的剧情不像其他故事需要刻意制造悬念，什么都昭然若揭，甚至人物一出场就既定乾坤。没有意外，只是重复。也许因为现实中频生无常与危机，对阴谋的恐惧，使我们作出戏剧化处理——简化阴谋，把它变得轻易发现和解读；令忠奸分明，使我们不致陷于负义与寡恩。我们为什么需要戏剧？局促的生活里，戏剧意味着某种可能的自由。

在那个为想象所支撑和延伸的世界里,有着因果相报的公平、易于裁夺和执行的正义……真理因无辜而有力,并且情义永不会被辜负。作为成人以书面语写就的白日梦,戏剧里面藏着孩子的天真。

京剧的动作颇为写意,极简。扬鞭代马,摇桨行船,跑个圆场代表千里奔行,挥动几下毫无杀伤力的道具刀枪,就象征了万马齐喑的沙场。而在人物形象塑造方面,又精雕细琢,从戏服到妆容,繁密的美令人目眩。尤其旦角,妖异的桃花眼,云鬓旁珠翠环绕,璎珞上璀璨生辉。开鸾镜,整花钿,又着罗衣。什么样的春闺梦让她暗含珠泪,什么样的时空错让她重订鸳盟?她有蝶翼般华美对称的脸,罗裙下行云流水的步态宛如一条成精的游蛇。拥臂自揽,她身上已汇聚千般的爱宠。

……《霸王别姬》。虞姬上场,佩带着那把夺命的剑。这是美人的宿命吗?终将陪伴失败的英雄,见证彼此颈间汹涌而出的血。虞姬之美,具有深渊般的力量,足以让人半生沉沦。谁又是那不悔的英雄?即便曾战神一样集中着美与暴力,谁能抵抗那最后的沉沦?多数人的命运轻盈,死去的重量如一只昆虫的骨灰;那些绝世的英雄与美人,亦能如何?他们的死,不过为史书增加一点很快散去的余温。

或忠诚或阴险，或伶俐或憨直，五彩缤纷到失真的五官。镜前勾脸的演员，一笔一画地，把自己变成遥远的陌生人。生旦净末丑，神仙老虎狗。大神看戏，小鬼演出——我们所谓珍贵的生命，也不过小角色唯一而短暂的上台亮相。为什么世间有丑行和罪恶，至善者也要体会折磨与毁灭？因为若非如此，就难成一出好戏，神的娱乐需要远远大于他所谓的道德。

现在，所有关于戏剧的遐想都无从交流——姥爷过世10多年了。离开恭王府，我在附近的什刹海稍微转了转，天色渐晚，我的怀念将在渐凉的空气中散去余温。抬头看到海蓝色的夜空中，月亮已开始夜航……虽然能清晰地看到斑驳，月影就像被礁岩划伤漆面的底舱，但我想，这个有戏剧安慰的夜晚依然是幸运的。因为我知道，月亮常常像沉船一样彻底消失，满载青花瓷般完美而易碎的梦境。

（原载《十月》2012年第2期）

## 03

# 行走京城

◎彭程

自17岁告别故乡求学京城，到今天的已届知天命，30年仿佛弹指之间。回顾其间历程，有3种画面，总是于脑海中反复浮现且互相叠印，都与一个"行"字有关，分别是步行、骑车和开车。

步行，串联起了大学的4个寒暑。除了坐332路到首都体育馆看比赛，乘103路到中国美术馆看画展和到王府井书店买书，那几年间的生活范围主要是以校园燕园为中心，辐射到周边，所凭借的交通工具基本都是两条腿。脚步踏在地上，应和着年轻的心脏有力的跳动。未名湖的塔影波光，朗润园的林木蓊郁，都在脚步的挪移间，袒露美的极致。夏日漫长的黄昏，与同学结伴去圆明园遗址，在当时游人寥寥的福海边，找一片草地躺下来，一任形形色色的梦想萦绕升腾，直到西天的晚霞褪尽颜色。最常去的，当数海淀镇的新华书店和中国书店，从学校西南门出发，穿过一纵一横两条狭窄胡同就到了。胡同所在之地，如今已经成为北四环主道上的一段高架路，车流熙攘，驾车从其上经过的人们，有谁会想到这里曾经的模样？

那时，班上有几位北京同学有自行车，自如地穿行在偌大的校园里，十分方便，令大家羡慕不已。参加工作有了收入，这个愿望便不难实现了。一辆坚固的天津产飞鸽牌自行车，陪伴了我10多个年头。单位位于南城，周边的古迹名胜，都是靠了骑自行车游览观赏的。陶然亭公园的楼阁参差，亭台掩映，天坛公园的坛墙环绕，古木森森，都被我无数次地亲近。去琉璃厂一条街，仰望文化传统的精深博大；到前门大栅栏，感知商业繁华的遗风流韵。更于千百条纵横交错的胡同巷陌之间，体验普通百姓的寻常日子，感受弥漫其间的老北京的韵味。车轮辚辚中，生命也在扩展自身，告别青春余韵，平添了一份责任感，一种沉静和笃实。

时光之水流淌得多么迅疾！当新世纪的钟声敲响，和京城成千上万个家庭一样，我也拥有了自己的轿车。国家腾飞的振翅之声，在上个世纪的最后几年中骤然变得宏大而清晰。具体到一座城市，便是体量的急剧扩展，长高，变宽，其速度令人惊叹。距离的增大，出行的需求，让一个全新的汽车时代在几年间降临，梦幻一般。

油门轻轻一踏，胸间升腾起翱翔的感觉。行走的半径大大增加了，几十上百公里，压根儿不在话下。东边，去通州的运河古渡口，遥想当年的帆影与渔歌；西边，到门头沟的明清古村落，自精美的石雕砖雕中体味民居建筑艺术的精湛；北边，在密云的深山里采摘新鲜果蔬，齿颊间萦绕一缕清香；南边，于永定河畔的森林小径上漫步，头顶枝叶间筛落斑驳的阳光……散步不外乎几条街道，骑车拘囿于有限区域，而驾驶则无远弗届，收放腾挪，纵横驰骋，以想象力为边界。

鸟巢，水立方，国家大剧院，798艺术区，还有最新的丰台世博园……都是恢弘的城市交响乐中，一个个响亮的乐句。我不止一次开车带着外地或国外的亲友去参观，已经听惯了啧啧感叹声。与城市装扮得日渐美丽相同步，其内在蕴涵也变得越发丰盈、厚重、深刻，令人眩晕而又魅力无穷。

日升日落，春秋代序，行走是生活和工作的必需，也成为了生命存在的最重要方式。

京城生息三十载，我熟知她的美丽和瑕疵，光荣和缺憾，仿佛了解自己掌心的纹路。我盼望着，在将来的某一天，道路会变得畅快，堵塞将成为媒体的当日新闻。我会把车载空气净化器撤除，一同消逝的还有雾霾等词汇，孩子们将只会在词典里认识它；而遮光眼镜则成为出行的必需，为了过滤总是明亮炫目的阳光，它们正从蓝天和白云之间，瀑布一样倾泻下来，淹没了这座城市。

偶尔，我也会考虑一下更远的日子。距退休还有10年，但10年其实是多么快。那时不需每日上班奔波，出行时我会视路途远近，重新选择骑车或者步行。一份久违了的从容和悠闲，会再度降临到我的心上。那时，我会避开通衢和繁华场所，更多流连于那些洋溢着历史文化情味的所在，一条饱经沧桑的胡同，一座幽静古朴的四合院，远近各处的公园，形形色色的博物馆……红墙背后的绿地公园里，京胡悦耳，唱腔婉转，身段袅娜。心境悠然，我驻足瞩目，观赏第一朵绽放的玉兰花，或者第一片飘坠的红叶。

那时候，这个城市的一切，该是被调配得恰到好处，体现出智慧与审美、想象力和创造力的最佳组合。最传统和最现代的，最本土和最世界的，庙堂的庄严与市井的温馨，古都神韵与九州情味，都市风和田园情，交织融合为一体，圆满浑然，仿佛秋水浸入长天。那时候，女儿会有自己的孩子了，我会带着我的外孙或外孙女，到一个个我熟悉的地方，讲述它们的前世与今生，历史和传说，看到孩子的眸子里，浮现出仿佛倾听童话一样的光彩。

这样的想象让我迷醉。

我盼望着所有这一切。

我相信，这不会仅仅是一个梦。

（原载《北京日报》2013年7月25日）

# 04
# 上海的半空

◎张定浩

## 半空

因为无法沟通,传说中的巴别塔没有造好,其实也并没有夷为平地,它停留在半空的废墟,慢慢变成了我们的大都市。

我想谈谈上海的半空,并思考一下那些白天黑夜身处半空的人,假若所有高楼的墙面都在瞬间透明,所有的高架桥梁都突然隐形,我们会看到超过一半的上海人,在半空中行走坐立,一些人走在另一些人的头顶上,而这些人的头顶上还有另一些人。有时他们还会相互跨越、踩踏,或者拥抱。但他们的眼泪和笑声都飘落不到地面,就已被吹散。

我在上海的第一份工作,地点是在福州路书城的14楼。单位里有个乒乓房,兼作休息室,大落地窗朝西,几个沙发随意放置,下午有很好的阳光,并能看到日落。我没事的时候喜欢溜过来抽根烟。在人民广场一带,14楼不算高,外面则是另一片没什么看头的高楼,当然它们都不是透明的,所以没什么看头。在下方,沿着广东路一直到西藏中路这段,有一片老式的低矮的上海民居群,无论晴天或雨天,我的视线总是最后落在它上面。那起伏有致的屋顶像一片暗红色的波浪,偶尔有一只白鸽掠过,让人凭空会去想象,那一片暗红屋瓦下它的主人,正在做些什么。

写字楼里,往往是吸烟室风景最好,因为需要真正的视窗。比如我有一次有事去朋友的办公室,他在忙,告诉我顶层15楼有个小吸烟室,我上去一看,真是个好地方。几平方米的斗室搁着一张小圆桌和两把椅子,虽然逼仄,但坐在那里抬眼就可以见到下面和平公园的绿地,有蓬勃的树,平展的草地,还有一些运动的人,我从高空俯视他们,不再觉得这斗室的局促,就像我夜晚坐在楼宇间的空地仰望星月。风呼啸地吹进眼睛。

有一年,我在汉中路的10楼上班。有时会从格子间里跑出去放一会儿风,站在电梯口一旁的北窗向外望,除了没有名字的高楼外,唯一生动的,是对面的一个大汽车站。每天进进出出的人和车很多,不过即便只是从十楼的高度望下去,那停车场竟如儿时的天井,那些大巴士就是玩具汽车,而那些进进出出的人呢,仿佛是来自另一个国度——利立普特国,也就是《格列佛游记》普及版里的小人国。我不用去作遥远而艰辛的旅行,每天在高楼上就可以看到那些利立普特人,遂想着,等自己下班走在这街上,也会成为另一些看客眼中的利立普特人。

我想谈谈上海的半空,并思考一下那些乘高速电梯直上东方明珠、金茂大厦旋转餐厅抑或环球金融大厦顶层的人,以及在温暖的春日身处锦江乐园摩天轮里相互亲昵的人,还有那些在冬天一点点退守至屋檐楼顶的雪。在上海的半空,他们如何浮现又消失。

某次,搭一个艺术活动的便车,和一个远道而来的老友在外滩三号7楼顶层餐厅的阳台上说话。周围很热闹,手上餐盘里盛着各式美食的服务员四下游走，但她视若无睹，并对我说，这些东西都不好吃，她同时视若无睹的，还有对面巨大到绚烂的广告牌和暗黑色的河流一起构成的、让这些上海半空中的用餐之所成为一种奢华的，所谓夜景。

忘记是在哪本小说里，有个人说要去看夜景，另一个人就觉得很奇怪，你去的地方连一点光亮都没有，看什么夜景呢？那个人说，夜景，不就是夜的景色吗？

## 后门

上海如今时常被称作魔都，这样的称谓虽带有上世纪前半叶新感觉派的旧痕，但也确可印证此时此刻的种种现实，只是我总记得卡尔维诺在《看不见的城市》书末的话："在地狱中寻找非地狱的人和物，学会辨别他们，使他们存在下去，赋予他们空间。"

我学校毕业后有好几年的时间，都租住在复旦大学后门外运光新村一带。在各种以"豪园""都城""名苑"为名的高档小区出现之前，新村，这种为解决工人居住问题而大规模兴建的五至六层连排水泥住宅,曾是上海人在上世纪后半叶最普遍的生活形态,也是上海作为一个工业重镇的最大遗迹。如今,虽然昔日的工厂大规模地消失或搬迁,但很多的新村依旧顽固地存活着,它周边几十年来慢慢生长出的成熟配套生活环境和相对低廉的租房价格,庇护着那些渐渐老去的原住民,以及很多无力购房的外来户。

我起初是和几个原本就同寝室的好友合租,一起生火做饭,喝酒打牌,那感觉好像延期毕业一般;后来就慢慢分开了住,但都还在这一带。东西向的巴林路、运光路,南北向的辉河路、伊敏河路,构成一个四方形,10分钟就可走完一圈,我们就散落在这个小小的圈子内,忙时沉寂,闲时走动。这里的小区绿化都不错,夏天时蝉鸣如雨,小区里有本地居民看见我们拿着一端套着塑料袋的长竹竿威武地在树下逡巡,便问我们在做什么,答曰抓知了,又问,抓知了干什么,我那个山东同学白了他一眼,义正词严地说了一个字:吃。

骑个自行车,要逛书店的话,就往北,几分钟后穿过复旦南区,国权路、国年路一带的学术书店、打折书店还有旧书店比比皆是,直至如今,我依旧觉得,没有书店可逛的居处是荒凉的,而当时的我们生活在一片繁华地。往南，穿过中山北路的内环高架线，也就几分钟，到了同济大学本部，那里有一片最热闹的足球场，不大的一块人工草皮，被书包和矿泉水瓶摆成的小门切割成五六块小场，每个下午都人声鼎沸，球友不分校内校外，因为场地小，大家都只好走技术流路线，螺蛳壳里做道场，倒也非常海派。复旦这些年大兴土木，连一块能够踢球的空地都容不下，于是，同济的那块球场更显珍贵。

我是在搬离运光路之后，偶然回去看朋友，才蓦然惊觉曾在一片暧昧之地住过这么久。短短几百米的小马路上散落着六七家足浴店和洗头房，那些外乡女孩子在夜色里安安静静地坐在玫红色的玻璃门内，与周围的五金杂货店、小饭店、花店以及便利店，与那些陈旧的方块水泥住宅楼怪异地融为一体，如同人间深河，收藏一切的悸动。

复旦大学正门外的邯郸路，这些年已经像被"面目全非脚"踢过一般，而后门外的生活，一直没有什么变化，像是有"还我漂漂拳"的保护。蝉鸣依旧，书店依旧，球场依旧，洗头房和小饭店依旧。只是当年一起住在这里的我们，如今都已纷纷离去，一直坚守的那个曾在夏天抓知了来吃的朋友，前阵子也在遥远的宝山买了房。

当最后一个朋友离开这里,我们便不再有什么理由回来,后门外,就会真正成为一种散乱记忆的汇聚所,而不再是看待世界的出发点。

## 马路

我住在张江已经好几年了。世博会之前,张江高科是地铁二号线东向最后一站,之前一站是龙阳路,过了龙阳路地铁就渐渐由地下升至半空,视野也一下子明亮起来,越过一大片荒凉的田地和破败的房屋,地铁尽头掩映在绿色中的张江就像一块安静的飞地。

说是尽头,又不准确。这从张江高科站外的地面看得比较清楚,那轻轨在张江高科站之后其实又在半空延伸了一小段,还跨过一条小马路,然后戛然而止,像断掉一样。好像小孩子画图,画了一大半,但一下子没有想好怎么收笔,索性就先放在那里,玩别的去了。我每次下班坐地铁到张江的时候,总有一种幻想,想它假如刹车失灵停不下来的话,会不会径直地从那个断口冲出去。

在张江高科还是终始点站的很长一段时间里,下班时间企图从这里下车是一件颇苦恼的事。因为每扇门前已经挤满了企图抢到起点站空座以便可以坐着回家的张江男,你如果还要坚持先下后上的习俗,那么对不起,你会在门口遇到一堵由张江男组成的黑色人墙,他们会理直气壮地把你重新挤回车内,并且告诉你根据堆栈溢出理论推演,搭乘地铁当然应该先上后下。

吃了几次苦头,我就变聪明了。以后下班再坐地铁回张江,车门打开后,我就坐在位子上按兵不动,等到进出的人潮厮杀完毕,那些挤不过人的女孩子拉着吊环扶手,看着满是人头人脚的车厢很愁闷时,我再起身下车,把座位让给其中的一位,那感觉仿佛圣诞老人一般。

飘风不终朝,骤雨不终日,在上下班的充满理性的汹涌人潮过去之后,张江的马路,也许是整个上海最爽朗明媚的马路。

张江的马路多以科学家命名,要知道一条路的走向,单看名字就可以晓得,中国名字的是东西向,如祖冲之路、李时珍路、张衡路;老外名字的是南北向,如高斯路、牛顿路、伽利略路。马路都很宽阔,更宽阔的是路旁的绿化带。在主干道祖冲之路的两侧，有些绿化带约莫有四五十米宽，并且层次丰富，在行道树和低矮灌木的后面，每每是大片草地及各种花树，掩映着诸多园区和学校。在这样的路上行走是一件惬意的事，不会被各色烟气、噪音以及迎面而来的人流所打扰，不过，习惯于三五步就有一个便利店的上海人，到这里也会极不适应，假如炎炎夏日你走到这里忽然想买瓶水，很可能走过几条马路都不能如愿。

因为没有什么店铺，张江的马路不适合都市人停留驻足，也不能给人留下什么特别的印象，比如食客提到阿娘面馆就会想到思南路，文青提到渡口书店会记起巨鹿路，类似这样的荣幸不属于张江的马路，号称做得出上海最好吃的蓝莓芝士的甜品店虽然张江也有，却是被困在美食广场里面，不能被路人甲偶然邂逅。

我有印象的马路，只是我每天都要经过的路。从我住的小区出来，沿着一条小马路步行到张江高科地铁站，大概要一刻钟。在二号线延伸段开通之前，我每天上下班都要在这条路上走，路上很安静，却有一种贵气，因为旁边坐落着华师大二附中，那是上海最好的几所中学之一，它的围栏内侧是一片密集的竹林，时常有野猫的踪迹。路旁还有一个幼儿园，可以透过栅栏看到里面的滑梯。春天的时候，走着走着会见到一大片野草地似的地方突然开出华丽的鸢尾，秋天的时候呢，可以见到路旁别墅区里的大树上挂满了柚子，是无人问津的寂寞样子。

路的另一侧，本来是一大片被围墙圈起来的荒地，据说已经冷落了许久，从缺口处可以见到里面呼啦啦疯长的野草，晚上经过的时候还有一种萧瑟。但这两年，整个张江的造房运动也已经悄然展开了，也许未来的某一天，张江的马路旁也会遍布店铺，趁这一天还未到来之际，我先写下这些。

## 地铁

我要说的，是上海的地铁，不是北京，也不是成都。前者过于衰老，总会招致沮丧；后者过于年轻，容易引发狂欢。我要说的地铁，是时值盛年的上海地铁。

在上海这样一个地方行走，或者从外地刚刚回来，看见地铁的标志，你就会觉得安心，如同见到24小时便利店一般，又仿佛在大海中见到灯塔。即便有车一族，在上海这个地方，也无法保证不误了你的饭局。无法像坐在地铁里的人那样，自由和飞快地穿行于地下和半空，在迷宫般的世界里，唯有他们对目的地和时间都拥有清晰的预判。

虽然尤瑟纳尔曾经把地铁比作冥河，虽然每个人似乎都会背诵庞德的诗篇，"人群中这些面孔幽灵一般显现／湿漉漉黑色枝条上的许多花瓣"，但我们要知道那是上世纪初的巴黎，电力还不充足，也许还是瓦数不高的老式白炽灯，摇摇晃晃，没有中央空调，只有从黑暗深处蹿出来的风，也许还有老鼠。但在新世纪的上海，在这样一个被华东电网乃至全国电网重点保护的都市，所谓阴暗和幽灵其实只生长于地上，生长于每一座高楼的背面，为它们所灌溉，而在地下，总是四季如春，灯光明媚。

这里是散播小广告者的天堂，他们三五成群呼啸而过，那些小广告名片在他们身后慢慢降落，覆盖在我们身上；这里是流浪歌手的天堂，他们很多是在地铁通道出口处，抱着吉他腼腆和骄傲，有时他们也会鼓足勇气闯进地铁车厢。我就见到过这样的一对歌手，也许是夫妻，也许是情人，总之，他们在我握着地铁车厢扶手摇摇晃晃最沮丧难过的时刻，忽然走进来，带着大功率音响和吉他，开始歌唱新年快乐。对我而言，那是一个非常诡异的瞬间，我看着他们，男的已是中年，其貌不扬，但唱歌的时候整个脸忽然就亮了起来，女的看着柔弱，似乎只是伴唱和收钱的配角,但当她最后独唱一曲的时候,你知道这歌声只能出自一个强悍的灵魂。在他们留下的歌声中,我并没有就此快乐,却仍觉得深深的安慰。

在这些偶然的插曲之外,裹挟地铁的是无聊,而最需要安置的不是双足,是目光和时间。但现在有很多高科技帮助解决这个问题,比较内敛的,通过手机或电子阅读器看小说,比较自我的,用PSP打游戏或看电影,更嚣张一点呢,则用iPad或笔记本打游戏,当然,前提是他拥有一个座位。更勇敢一点的,是去观看他人。比如我有一个朋友,就喜欢在车厢里画速写。那么多的人,一动不动又各具姿态地坐在那里,还不收费,尤其在那些非高峰时间段里,地铁里并不拥挤,甚至宽敞明亮,我的朋友就坐在那里,手里拿着速写本,不动声色地观察着变幻的面孔,那幸福的感觉,好像置身于图书馆。

当然,我大多时候只是对着车厢玻璃照照镜子,抑或低头看看书报。除非有什么超现实可以围观。就像有一次,我身旁坐了一位魔方男孩,他娴熟地将四乘四的魔方玩出六面,然后再飞快地拆散,然后再玩出六面,仿佛只是在做一个最不动头脑的机械活,我在看书,也能感觉到整个车厢的目光都集中在那块几乎都要被折腾散架的魔方上。还有一回,我身边坐了一个中年女人,手上捧着一本赞美诗,我起初以为她在默读,后来才听到她是在歌唱,只是那歌声低微,只有我听见。

我会在无意间,搜集一些这样的时刻,仿佛观看吕克·贝松的电影,从而明白所谓浪漫、温柔乃至热情这样的东西,即便在没有阳光的地方,也是可以发生的。比如说很多年后我还可以回忆,有一回我们曾并肩坐在地铁上,都没有说话。

## 院子

外面的雪下得真好看。尤其从我现在身处的二楼阳台看出去。

看出去其实是一个院子,在上海这里,算挺大的。院子里有一大块草地,前阵子刚刚翻过土,细小的衰草被一律掉转脸庞,俯向泥土,现在还有些湿土没有被雪覆盖,所以白一块黑一块。草地边有几棵小香樟,还绿着叶子,同样常绿的还有一株桂树,不过,香樟的绿和桂树不同,它的叶子并不是一直不落,只是要等春天新叶长成之后,才会悄悄脱落,所以给人以错觉。这错觉，是隶属于时间的，又让我想起博尔赫斯在谈论时间时引用过的话，一颗苹果要么还在树上，要么已经落地，并不存在一个中间状态，如同我们的生活，或者过去，或者还未来临，没有一个纯粹的现在。

没有一个纯粹的现在，这么想想，其实是挺好的，可以给人安慰，而同样可以安慰人的，是说我们的生活永远只有现在，就像香樟的树叶，就像我们的身体。

其实草地的对面还有一棵斜斜的银杏。小时做植物标本时就爱收集银杏叶，因它的形状太特别，几乎永远都不会和其他树叶混淆，又有化石的古意，显得很厉害的样子。我特别喜欢银杏叶在暮秋时的颜色，那几乎是一种婴儿般的嫩黄，或者鹅黄，这样的颜色大多属于春天，"沿街柳鹅黄，大地春已归"，但银杏就是能让秋日也沾染上赤子的气息。不过此刻是落雪的冬日，我并不想念其他。

那院子里的雪还是下着，细密又坚决，只是在快落地时略有惊慌，遂有些许翻腾，也只是瞬间的事。看久了，就如同电影胶片的快速倒带，那雪点竟是可以织成一片幕布的，因为背着街道的缘故，更显得无声无息，犹如默片。

这个可以静静承受落雪的院子，构成我日常生活和工作的一部分，而在上海，这样的机会其实并不多。在上海啊，有多少人家还有一个自己的院子呢。我只记得小时候曹杨八村的外公家是有一个院子的，我过年时来玩，和邻居家的小孩慢慢熟了，他在我外公家院子里埋下一个陶瓷小公鸡，说是送给我，但要等很多年后才能挖出来。我惴惴不安地答应了，不过等他一走，我记得自己还是迫不及待地偷偷掘出。很多年过去了，那个带院子的一室户早已转手，我的小朋友也没有再联络过，所以也许我是对的。

我把这个院子讲给你听，是因为你永远都不能和我一起站在这二楼的阳台上，看雪花的翩翩。

## 假如

今天上班，在南京西路出站至地面的电梯上，有个人站在我前面，他那儿忽然掉了一个东西下来，就落在他站的那级电梯上，我看见是他手上抓着的雨伞柄，他把雨伞搁在电梯扶手上，这么左右一晃就蹭掉了。他也看见了，盯着看了一会儿，好像不知道那是什么,还用脚去踢了踢。随后我们都升至地面,他在我前面疾走而去,我看着那个蓝色伞柄很可怜地想跟着走,却被挡在电梯端口。我也走过去了。这时我看见前面那人要打开伞,愣了一下,这便匆匆往回走,从我身边擦过。我当时觉得这人很可笑,后来走着走着却有些伤感。

于是想起一句歌词,"走过来坐在我的身旁"。我经常想起这句歌词,但不是每次都能想起它的调子,可最近好像能想起来的次数变多了,就一路哼着,也只会哼这么一句。

能想起来调子的原因呢,是因为我们家小姑娘。她有一个玩具,像个小房子,有很多方法玩,我们家小姑娘每种方法都会。其中有六七个琴键,每按一个,就会放一段电子音乐,我们家小姑娘最喜欢。她无聊的时候,就把小手指伸过去揿一下,然后音乐响起,虽然是很没有档次的 midi 音乐,我是不要听的,可她不挑剔,还贱兮兮地跟着节奏一动一动,身段特别好看,她要是会走路了的话,说不定还没有那么好看。

那天有个老仙女来我们家做客,她是说英语的,可把我累坏了,我一下子回到牙牙学语的年龄,一堆名词动词不讲语法地就往外直冒。还好有小姑娘在,我们就不用探讨艰深的话题。老仙女很会和小姑娘玩，一会儿用食指中指作爬行状，笃笃笃地爬到小姑娘身边，一会儿又玩盒子藏豆子的魔术（我们大人都是魔术师）。很快就和小姑娘熟了。熟了以后呢，小姑娘也要表示一下，就噌噌噌爬到玩具房子那里，揿了一个键，响起来的音乐，就是 red river valley。老仙女听到很惊喜，当然了，这是她们英文系的歌，可是我们中文系现在也很 popular 这歌了，都进小学课本了。popular 这个单词我还没忘记，就比画给她听，然后我们在这样 popular 的音乐中就很释然，虽然是 midi。

走过来坐在我的身旁，这是一个多么崇高的理想。可以和奥德修斯的理想媲美——

个个挨次安座，面前的餐桌摆满了
各式食品肴馔，司酒把调好的蜜酒
从调缸里舀出给各人的酒杯一一斟满。

也很接近吹牛大王的理想——杯酒在手，高朋满座。我很久以前写过一首诗，虽然现在看起来其实不好，但当时写完以后激动了很久，第一次觉得自己是一个诗人。

假如时光倒流

假如我的赤足能溯向河的上游

假如昨日溅起的浪花

还未及沾上风沙的锈

啊多好啊

假如

假如你们仍在岸边

围坐成一圈

冲我挥动红手绢


我知道总会有那么一天的。我会走过去，坐在你身旁。

（原载《书城》2013 年第 9 期）

## 05

## 浦东来去——有关"上海生活"的笔记

◎张未民

一

上海是学术作者聚集多的地方。由于一段不算短的编辑职业生涯的缘故,我曾持续多年每年都要"去上海",有时一年里还要去多次。

这里也许是有全世界最多的霓虹灯和商品橱窗,那些曾经的外国租界留下来的街道、洋房和法国梧桐树,腔调与情调齐飞,各种购物、表演、展会、宴会、谈判、实验或试验、讨论或讨价还价,以及街行和弄堂锅碗瓢盆,浓妆淡抹,"物"成为流布其间的润滑剂或硬通货。此时上海对我来说已非绣花文章,更非表情严肃的工作坊,置身其中,这些物什就灌醉了你的毛孔,一种被淹没感漫过肌肤,浮游于一片生活的感性海洋。

想象中的,如《子夜》以及新感觉派等现代小说所描摹的"十里洋场"景象,早都风干在旧杂志里了。上海滩的此"灯红酒绿",已非"十里洋场"的灯红酒绿,而是经新中国涤除又经改革开放岁月重塑了的"再/灯红酒绿",更加纯粹的市民化也更生活化了。

这样的"去上海",去的是上海看的是生活,看他们在柠檬汁滴入早餐后如何勾兑出一日生活,这或许是看取上海的最大价值。

生活着的上海,民间又称其为海上,细思量,这肯定不能解释为在汪洋大海之海上,而是"上海之上",是繁华如梦的生活之"上海"之"上",是谓"海上"。

太阳之下,如海般的生活之上,记得大约上小学前后,就随父亲看过他们中学学生剧团排演的话剧《霓虹灯下的哨兵》和

《年青的一代》。这些作品最初是诞生在上海然后才风靡全国的，剧情大约是时代的激进遭遇到了生活的纠缠，即便作品无法选择地都选择了改造或压抑生活欲求的批判方式，但它们终究是沾带了上海式生活意识和生活主题的，最终生活批判或批判生活，也就都成为生活主题的一部分了，人们由此倒是更加强了"上海是生活着"的印象。

上世纪七十年代中叶以后，尽管意识形态仍风声鹤唳，我所居住的北方县城却莫名地开始被生活潮流所笼罩，上海产的凤凰牌缝纫机、三五牌座钟、红灯收音机以及直接用上海命名的上海牌手表等，陆续进入街坊邻居家中，人们对生活的热爱如此迅猛又是如此直接地表现于对上海器物的拥有与艳羡上，令尚在特殊政治化氛围中的人们始料未及，却是透明的真实，革命自然过渡到生活。这至今想起来，都觉得要感谢上海，上海之名物不仅实用，更带给人生活的尊敬与安慰，每一件都熠熠生辉，演绎万家灯火、岁月物语，成为中国人的现代生活导师。1976 年，我要到三十里外的一个乡村当知青兼当小学民办教师，父亲于是托了人才买了辆永久牌自行车，让我回家方便些。糟糕的是，第一次骑车回家，就在盘山道下冲陡坡时，前轮无意识又极其准确地硌上了一块石块，我跌落路边，自行车则飞过壕沟，甩落于四五米开外的山坡上。傍晚推车进家门，父亲看着我被擦破了皮的手臂和膝盖上的血迹，再看看同样磕破了漆皮的车架，在仿佛摔打得更结实了的车座上拍了拍，说："到底是上海货啊。"如今这辆亲爱的自行车已不知所终，可我记着它以上海货的名义曾宣告过一个生活时代的来临。上海那时就这样骄傲地居于"中国生活"的高处，仿佛中国人最后的一块生活领地，提供着富足而文明的标杆。

于是八十年代中期后我开始频繁地去上海，公干之余，更留意上海人如何吃饭如何穿衣如何出行，看他们如何说话如何办事。现在回忆，这一场"慢车去上海"，无疑是从抵达上海的真如火车站开始的。

好长的一段时间，从东北驶来上海的火车，终点站都在上海西北角的真如。抵达这座现称为上海西站的真如站，就等于从大上海西北角抵达了上海。然后随人流挤上了一辆破旧的公交汽车，穿过漫长的曹杨路及两侧排列整齐的工人新村，在延安西路上的某个站点下了车，就住在了延安西路上的"文艺会堂"，私忖，就从此处开始攻略上海之海吧。

可以把自己当作一条游过这生活之海的鱼。沿着自西而东的北京路、南京路、延安路、复兴路、淮海路，辅以南北交叉走向的陕西路、乌鲁木齐路、四川路、西藏路，游来复游去，往复之间你就可以想象这现代化街路网络的底下，是先铺设有江南田园的纵横阡陌，亦有治理长江口淤泥滩时用以排水涵养土壤的纵横水渠、泥坝，所谓"上海生活"，正是传统精致的江南生活文化与现代文明多层历史迭代荟萃的精华。江南的精致生活从西边的苏州流过来，现代西式生活则自海上入黄浦江上岸，应该是自海上来者风头更劲，因此上海之名便深入人心。

而最耐人寻味的生活游弋，是你沿着南京西路穿过人民公园北侧到达南京东路，就有外白渡桥旁的外滩横亘眼前了；是你沿着延安西路穿过静安寺、上海展览馆和博物馆到达延安东路，就有延安东路中央外滩横亘在眼前了；是你从淮海西路游弋到淮海中路抵达淮海东路，涉足豫园左右，然后再向东走不远，就有十六铺码头的外滩横亘在眼前了。

外滩之外，浦江浩荡北去，隔望东岸迷离。那时候你方知黄浦江乃是上海生活延展的一条天堑和界限，所谓"外滩"，即已设"外"横于眼前。外滩之外无上海。

此时，恰听到有谁向东岸那片码头货场、低矮房屋和大片农田挥手一指:"看!那是浦东。"

1990年5月3日,上海市人民政府浦东开发办公室正式挂牌。

## 二

来到浦东,就要说浦东的话。我忽然发现"上海"与"浦东"这两个概念的关系在话语中有点儿特别。

比如以前浦东人和我们这些外乡人一样会说"去上海",而不会说"去浦西"。

这意味着"浦西"似乎是个可有可无的词语,它只是在说明"浦东"一词时才用得着,而平时用来和"浦东"相对应的,则是"上海"这个词。换句话说明白,就是,"浦东/浦西"更多的是地理词汇的相对应及关联,而"浦东/上海"才是地理实体的相对应及关联。这样的语境决定了"浦东/上海"的真实关系,浦东是浦东,上海是上海,浦东人不是上海人,所以浦东人才能够说出"去上海"这样的话。

有一佐证。2018年我读上海青浦人叫陆士谔的医生兼小说家一百多年前(1910)所写的《新中国》,于中国、上海、浦东三者之间的思绪腾挪便非常有趣。它出版时被标为理想小说,现在我们则称它作幻想小说,作品对"新中国"的幻想完全是生活性的,由此上海和所谓的"上海生活"便俨如"中国"之"新"的样本。猜想作者的本意也在于,若想象一种现代中国,则定是现代中国生活无疑;而若想象一种中国生活,就一定要从上海生活看过去。那时的上海已经站上了中国生活的高地,这一点上海人陆士谔及其笔下的主人公陆云翔心中颇为自信。他们开始做梦了,为了"新中国"做梦,从上海一梦到浦东。小说写道:"一座很大的铁桥,跨着黄浦,直筑到对岸浦东……开办万国博览会,为了上海没处可以建筑会场,特在浦东辟地造屋。那时,上海人因往来不便,才提议建造这桥的。现在,浦东地方已兴旺得与上海差不多了。"这个旧时梦景与百年后的上海与浦东的现实精确吻合,使人惊奇。可是从作者在上海、浦东两个概念的语义叙述关系看,浦东不是上海,浦东正对应着上海。而这和如今现实即浦东是上海的一部分是不同的。

浦东是个庞大的地理实体,即便如上海这样巨大的现代城市体,若想吃掉、占有浦东,也得一点点地来。浦东人黄炎培在所作回忆录《八十年来》中描述浦东,包含有两层要义,一是"上海市黄浦江以东,一般称为浦东";二是"海岸线由黄浦江出海外向南折而西入杭州湾,西滨太湖,成为三角洲。川沙和其他几个县,都位于这三角洲上"。这是我所读到的对于地理实体的浦东之最好的描述。那时之浦东、川沙等几个县还都归江苏省管辖,浦东这个词很明确的就是超越行政区划的地理实体的表述。相形之下,浦西这个词的地理实体性就十分不足,它只有黄浦江以西这一条实线可描述,其他边界则不清楚,于是就只有位于浦西的上海城市体可以拿来和浦东说事了。

然而上海和浦东捏摆在一起,又发生了地域等级的巨大不平衡。一个庞大的地理实体和一个庞大的现代都市之间的纠缠较量,如何以理性和喜剧的方式达成某种平衡,贴着芸芸众生的生活实在慢慢融通,方为上策。而黄浦江之水势宽阔与天然分隔,某种程度上也起到了缓冲历史碾轧的作用。其间现代行政区划概念的浦东(新区)就是个极好的发明,它既依托于作为地理实体的浦东概念,又主要是自"上海"所产生、所发出的重新行政化概念。百余年间,从陆士谔式的浦东想象开始,逐步使浦东从地理实体认知过渡到行政社会性的所谓"浦东新区",使上海与浦东融合创生为陆士谔早就给出理想意义的"新中国",这正是我们在二十一世纪想要看到和实现的现实。

如此，今天我们所说的"浦东"，很多时候是指行政区划设定的"浦东"，它和作为地理实体的"浦东"虽有重合之处，却并不等同，细究也不是一回事。

浦东一望无际直到东海边的田园阡陌，在文明的意义上绝对处于浦西上海这个现代大都市的考古文化层之下。先是一点点地把浦江东岸某些区块划入城区，继而又将宝山、川沙、南汇等县由江苏省管归入上海市管，最后就正式提出"开发浦东"的理念，建立"浦东新区"并几次调整行政区划不断扩展"浦东新区"。浦东虽有浦江阻隔却不能免于处在被上海"开发"的位置上，浦东最终变成了上海的一部分，变成了名副其实的上海浦东；也因为其成为上海，而成就了中国改革开放的上海故事，成为中国改革开放的前沿和中国故事的经典文本。这为自陆士谔以来的"上海生活"主流叙事跨越浦江推进为"新中国"的筑梦工程奠定了基础。

这次到浦东，五天考察来去，慢慢琢磨浦东、上海间的种种，我似乎又发现，在自上海向浦东发出的久久为功而又声势浩大的"开发"行动之外，还存在着某种反向的历史潜流，就是浦东人的"去上海"。

我们去上海，是看客体验上海生活；浦东人则不同，他们之"去上海"，是去参与或创造上海生活。

上海在接续本土精致生活传统上，应是取一种内向苏州的姿态；而在引入西方生活方式上，则取面向海上的开放姿态；然后对浦东这块中西潮流间的本土，因它相比上海以西的比较高雅精致的本土是更加民间化的、底层性的、后开发的，因此毋宁是视而不见的。这来自"开发主体"的视而不见，却给浦东人，包括沿海更广大的杭州湾地区的宁波人等"开拓"性的"去上海"，提供了契机。

2003年上海作家陈丹燕出版长篇小说《慢船去中国》，故事实质是写"慢船去上海"。2013年上海戏剧学院将余华的小说《许三观卖血记》改编为话剧，将许三观去上海卖血救子的故事浓缩到一艘运蚕丝船上，话剧取名《慢船去上海》。所谓"慢船"实在是今天动车、高铁时代、飞机时代的某种怀旧说法，船舱里装置了回忆的时间"慢"匣子。而实际上在上世纪，乘船或车船联运却也是主要的快捷方式，相对来说并不很"慢"。郁达夫就曾很轻松地回忆从上海回家乡富阳，先乘沪杭火车再转钱塘江上开往桐庐的客轮,"若在上海早车动身,则午后四五点钟,当午睡初醒的时候,便可到家,与闺中儿女相见"。不过,"慢船"又无论如何是慢的,浦东高桥人杜月笙十五岁在家乡混不下去,要先徒步出东沟市、过庆宁市、过八字桥和洋泾镇,然后才来到黄浦江码头乘船渡到对岸的十六铺码头。南汇县北张家宅村的张闻天,一个十二三岁就开始求学的少年的漫漫人生路,要到离村半里路的祝家桥码头,去坐上海—南汇间的木船或小火轮去南汇县城,去吴淞、南京求学,曾途经并最终抵达上海。从今天看似很近的川沙到上海,黄炎培回忆说:"一般搭运货的摇橹船,黄昏开,清晨到。"这里,"慢船"指的就不应是轮船,而应是摇橹的木船。

白莲泾,2006年。盛夏,露天洗澡。没办法,家里实在太狭小了。

真实人生境况下"慢船去上海"并不很浪漫,那是像许三观一样"卖血"式的生存苦斗,"旅途"隐喻且衍化为更广大的普遍人生。而这才是除了"冒险家的乐园"和居高临下式的"开发浦东"之外,另一种看待上海、浦东的重要视角。于此我们可以细看清楚,成千上万浦东人是如何奔赴于"去上海"的路途,向西跨过黄浦江去创造自己的"上海生活"。

这样的真实的"上海生活",曾湮没在"十里洋场"的红尘之下。它以衣食住行等基本生活的现代转型为主导,为世界观,为人生哲学,为爱恨情仇,最终形成某种为中国和世界所称道的"上海生活方式",为"新中国"累积绵延不绝的现代"中国经验"。

三

浦东人"去上海"了。

他们寻找所谓"活路钿",即出租出让浦东土地,然后抽身去上海寻找生存活路。"往沪地习商,或习手艺,或从役于外国人家。"(《川沙县志》)

又有所谓"三刀一针"之说,即建筑业的泥瓦匠师傅手中的抹泥刀,服装业的裁缝师傅手中的剪刀,烹饪饮食业的厨师手中的菜刀,以及针织花边业纺织女工手中的"一根绣花针"。浦东人"去上海",就靠这"三刀一针",是自人的衣食住行等基本生活层面服务"上海生活",创造"上海生活",与长江三角洲"去上海"的众生一起,融合形成了所谓的"上海生活方式"。

老上海曾有"浦东人造了半个上海城"之说。1919年，上海登记的六十多家"营造商"，业主绝大多数是浦东人。其中排名前十的建筑商中有八家是浦东人业主的公司，如杨瑞泰、汪裕记、顾兰记等。民国《川沙县志》记载："川沙人在上海就业的，论其量，数之大，则以水木工人为第一。"如1935年，川沙县30618户人家，其中在上海从事泥水工和木工的就有1.5万人左右，平均每两户就有1名从事建筑业的。上海的许多闻名于世的建筑都出自浦东能工巧匠之手，如海关大楼、和平饭店、国际饭店、中国银行大楼等。此外，浦东的服装裁缝师傅和本帮菜厨师在上海滩更是人数众多，十分有名。浦东的毛巾业、服饰花边业的产业规模巨大，一时间风靡全国，称美国际。

浦东人充当了长三角地区"去上海"融合创生"上海生活"的重要角色。历史学家熊月之在《百年浦东同乡会》的序言中说："在先进的浦西，活跃着一批出生在浦东、引领着城市潮流的浦东人，诸如李平书、穆藕初、杨斯盛、黄炎培、杜月笙等。"汲汲于人世生活，不离生活实践，于民生实用处着眼于国家社会改造，而怀抱"新中国"之梦，黄炎培先生提升综合百年浦东思想观念与抱负，归纳提出了"浦东学派"的见解，应该说是有生活基础的，是独具慧眼的。

5月5日，中央广播电视总台5G+4K+AI媒体应用实验室揭牌暨纪录片《而立浦东》开机活动在上海举行。中宣部副部长、中央广播电视总台台长慎海雄，上海市委副书记、市长应勇出席，为5G+4K+AI媒体应用实验室揭牌，并宣布4K纪录片《而立浦东》开机拍摄。

浦东贤达辈出，"弃儒服贾"敢为天下先，而于上海的生活舞台之上，重塑现代儒学的地域形态和生活形态，昭示中国生活的现代坐标。这是一个滋养慧根的浦东、滋养生活的浦东。有此浦东，则所谓"浦东学派"实则早就是为"上海生活"奠定基础的"上海生活实践学派"。而有此"上海生活"，那些飘渺于其上的浮华外表，所谓"魔都上海"，或"上海摩登"，或"十里洋场"，除了时尚的价值炫酷之外，如此这般的"海派"就都成就不了多大的局面，很多场合都成不了一个特别褒义性的词儿，尤其面对九百六十万平方公里的巨大国土和浩瀚民生，它新颖一时，魔幻光鲜，终如昙花一现。倒是那些出自上海的货真价实的生活性造物品牌，沉实在上海的街头巷陌，领真生活之风骚，进而流行全国。

由浦东的"去上海",进而可以看到广大的江南地区的"去上海",乃至中国各地各方的"去上海"。于是"上海生活"也有了荟萃中西饮食、荟萃中国四方食材升级生活方式的优势,中国现代流行音乐的先行者黎锦晖于上世纪二十年代"去上海",一生作歌无数,无论称其是时代歌曲还是摩登歌曲,抑或黄色歌曲、靡靡之音,如今最好的解释是都可以作那个年代的"生活"解。其中有一首为曾在上世纪三十年代轰动上海滩的歌舞剧《夜玫瑰》所作的插曲,歌名以上海饮食名店"五芳斋"为名,倒是写出了上海饮食的生活状态:"有黄河鲤鱼青浦芥菜,四川白木耳福建青海带,北平溜丸子氽烫,那南京烧鸭子来得快,广东叉烧湖南辣椒,合拢一起来炒一炒,辣得很好,云南火腿山西皮蛋,合拢起来拌一拌,下酒又送饭,口蘑豆腐汤,又嫩又清爽。"这首歌由歌星周璇演唱,明快从容的欢快旋律,民生与普通人家的亲切气氛,为上海本帮菜的成功和上海生活本色作了极好的注脚。在这里,上海生活因连通中国四方而成为真正的现代的"中国生活",想一想这样的在北方二、三线城市里可以同步吃到中国南北不同地方菜系的现代化生活局面,我们是要到六七十年后的新世纪之交才能逐梦达到,你就可以体会上海生活之于中国生活的某些意义来了。上海里弄街巷的锅碗瓢盆交响曲里有一个现代"新中国"百姓的美梦在里边,有一种现代生活本味在里边,滋润我们至今。2018年上海百年老字号"五芳斋"将这首歌制作成一部老上海怀旧、复古风格的黑白片广告视频上线,温馨满满地又火了一下。

四

于是我们自浦东"去上海",向西跨过黄浦江,抵达了"上海生活",也会抵达"中国生活"之境。

那天从南汇张闻天故居展览馆出来,天色明亮而广阔,心底幽暗渐被打开,有什么念头向外张望。我试图沿着乡径去寻找"慢船"去上海、去中国、去世界的最初的水乡码头。想起展柜中他"五四"时期长篇小说《旅途》静静地在那里的样子,似有不舍。小说中的那艘船和"旅途",终于成为其一生的隐喻。他走上了一个浦东人的"去上海"的生活之路,他已从浦东抵达了上海并最终抵达了中国。

黄炎培与毛泽东交谈。

我意识到，浦东以及上海，在二十世纪给中国及其人民生活留下了两个人的声音，极其珍贵。这两个人的声音让我在浦东、上海有幸遇到，出人意料又似难以觅得的"生活"知音。这两个人一个是黄炎培，一个是张闻天。他俩的声音震落在这块家乡的土地上，卷起了浦东与上海的生活之耿介、深情、智慧、警醒和广大，尤其是真实。这声音最初一定发声自这块土地，一定是自浦东、上海生活中坚持的声音，是中国生活的真声音。黄炎培的坚持是出于一个"要救中国，只有到处办学堂"的理念，张闻天的坚持则出于一个"给人民解决了土地、房子、牛羊的问题，他就是伟大的政治家，他就是人民承认的政治家"的理念。这两个人的生活真声，谈论浦东和上海时一定要谈到，我想这逾越不过去。

在浦东，海风过耳，这些回荡着生活精神的伟大声音正回归于浦东生活，成为"上海生活"的同期声、为"新中国"之生活真声。


五


这次来上海的最大不同，是"在浦东抵达上海"。

大约在上世纪九十年代末,"去上海"不再是"慢车去上海"了,而改成坐飞机"去上海"。坐飞机意味着落地新建的浦东机场。但你所到达的是名副其实的"上海浦东机场"。到浦东机场你还未到上海,你还要向西穿过偌大的浦东抵达上海,到达浦西上海才是到了上海。好多年来,除了一次航班延误而被航空公司车载到川沙镇住了一宿外,每次都是走出机场便立即乘车。只是感觉浦东从原来好像一条机场高速,分岔越来越多,路网越来越繁复,而且先是只有一座杨浦大桥可过,到后来又有了卢浦大桥、徐浦大桥,有了翔殷路隧道、军工路隧道等多座桥隧可穿江而过。但你总归是要穿江而过,才抵达了上海。你终究还是"从浦东抵达上海"而不是"在浦东抵达上海"。

这次浦东来去五天,出机场,住金桥酒店,几天下来忽然意识到根本没有过江到浦西。那么你是来的浦东还是上海?认真思量后,我承认是来到了浦东也来了上海,我在浦东抵达了上海。我为这新的感觉而有些莫名的躁动。

那天下午在陆家嘴金融区的摩天大厦之下,我们漫步在浦江东岸,西望阳光白云下的外滩,仿佛一张旧年照片,外滩楼群在东岸的新天际线映衬下已不再高大,却恰恰符合你怀旧和伤感的那种高度，你依稀可见对岸熙熙攘攘、市声鼎沸，而此岸规划壮丽，却游人见少。此岸的游人也大都是穿过外滩过江隧道而来，仿佛对岸生活的一个延伸和补充。

然而浦东并不只是陆家嘴金融区这一似与对岸老外滩相映生辉的一个角落，它展开于更广阔的浦东大地，直至伸入东海。浦东的巨变挟强大的"开发"之功，基于改革开放和制度创新，因应世界潮流，以精英治理和主体"规划"主导实施，其中有一个词特别让人注意，这就是"功能"或"功能区"的规划与实施。如高科技"功能"就规划建设了张江高科技园区，国际金融"功能"就规划建设了陆家嘴国际金融中心，国际贸易"功能"就规划建设了高桥自由贸易试验区、金桥贸易产品加工区，国际物流"功能"则规划建设了以东海大桥和洋山港为核心平台的国际物流中心。每个功能区又有很多高端项目，如张江科技园区中就有大飞机、高端芯片业、生物业、上海光源、智慧机器人、新能源智能汽车、新材料等项目。这些功能（项目）让我想起上世纪七十年代的上海自行车、手表、缝纫机、收音机等物产品牌，既是"上海生活"品质的象征，又是带动长三角地区、引导"中国生活"方向趋向更高境界的引擎。因此所谓"功能"，最好的解释就是综合性的社会功能、人类性的生活功能、中国性的联合功能，而不仅仅是单纯的经济功能。我发现这些"功能"其实都源自浦江西岸"上海生活"的百年积淀，尽管浦东的一代精英似乎尝试以超越和高迈的卓尔不群打造"上海生活"的升级样板，献给几代陆士谔们所希冀的"新中国"，但这些高端的理想如何与"上海生活"的日常的民生品质融汇，如何根植于浦东古老的生活大地，与它融合为一，却是一个富有人性滋味的梦想。有一点可以肯定，这些浦东的"功能"，未来都断不会满足于指向所谓魔都所谓上海摩登。上海的生活本相，在于浦东的"去上海"，在于"中国"之生活新境，而新境梦中的黄浦江，那时会成为一条不息的内流河，外滩成了一个老去的名词。

在浦江东岸，我看到它与西岸外滩有一醒目的不同，就是新筑水泥的堤岸之下，泥岸仍在，水中还生长着一簇簇一丛丛的野生芦苇青草，非常扎眼，又静默得让匆匆而过的人视而不见。

（原载《天涯》2019年第3期）

## 06

## 沈阳的美丽与哀愁

◎徐坤

临近四月底，火车又一次提速，D字头动力车组始发。友人向我打探去沈阳的路径，说提速以后，从北京4个小时便可到达。我却阻止说，不，不要去。若去，就选择冬天。寒冬腊月，火车喷吐着白烟儿，一路呼啸，出了山海关，但见雪野茫茫，一望无尽的东北大平原，端的是养眼！车甫一停稳靠站，左脚迈出车门，"唰——"，一股凛冽的寒风，兜头便至，打得人浑身一哆嗦，刹那间衣袖裤脚都被打穿。那是真正来自西伯利亚方向的寒流,那种冷,豪迈,剔透,挟带几许暴虐和郑重,长风刺骨,冰清玉洁。就仿佛陈年的黑方威士忌,要不,就是道格拉斯 AK47 伏特加,加了冰块,抿一口,"唰"地一下,如同小刀,无比锋利地在唇边划过,鲜血奔涌。痛和快感倾巢而出!刹那间,脑子醒了!浑身的细胞都被激醒了!

这就是沈阳,你出关之后的第一口烈酒。狂放,野性。然而,一旦你压得住它,又无比驯顺,服帖。这个东经 122 度、北纬 41 度的北温带边城,几乎有半年时间都包裹在漫漫冬季里。春天只是冬天呼出的一口清气,夏秋是它从一个冬天奔赴另一个冬天之间的短暂休憩,几乎毫无特色。被南国溽热和京城暖冬给折磨得一筹莫展的人们,却可以在沈阳寒冷的冰雪中去紧紧筋骨,带回一身神清气爽的北国风光。

一朝发祥地,两代帝王城。沈阳的城郭之中到处布满蛮横和雄性荷尔蒙气息,即使是在冰封的冬季那种气味也一样醇厚、酣酽,浓得化不开。凛凛朔风中,袖着手,低着头,将脸深深埋进大衣领子内,哈气成霜地沿着雪松排列的方向,避开热气腾腾的白肉血肠、李连贵熏肉大饼、老边饺子、老龙口包谷烧的熏香迷障,一抬头,眼前蓦地腾起红墙绿瓦、金色琉璃镶嵌成的华美宫阙！那就是沈阳故宫，一个王朝留下的背影。它记录着努尔哈赤和皇太极女真人长风猎猎铁骑哒哒的剽悍和骠勇，也留有摄政王多尔衮和孝庄皇后辅佐少年天子匡扶社稷的暧昧和机谋。这座采撷了长安、洛阳、开封、金陵几朝汉家宫阙之长的清朝皇家宫殿，满蒙汉建筑风格交杂，几乎是北京故宫的缩微景观和美丽倒影。比之北京故宫的君临天下磅礴气势，它秀气典雅格局上虽有几分局促，内里却处处透着狂妄和勃勃野心。

出了故宫，不远处，大概也就两站地远遐，耸立一座古罗马廊柱盘绕的巍峨西洋建筑大青楼，周围环绕点点北欧风格红楼群与清王府式样的三进深四合院。那却是另一对著名父子张作霖和张学良的故居——张氏帅府。红彤彤雕梁画栋的四合院里，老帅两次奉直战争的硝烟似犹在，皇姑屯铁路的爆炸声依稀传来；洋气扑鼻的大小青楼，仿佛记录下了少帅东北易帜去国离家的悲壮，举旗助蒋的豪侠，西安事变的枪响，终身囚禁的无奈……千古功臣，天下为公。血与火的洗礼，一次次政治与军事的较量中，似无机心，却不乏机巧。留下的是悲剧，也是悲壮。

从故宫到故居，短短十几分钟路，皇家故宫与帅府故居，古罗马建筑风格与传统四合院建筑，古今中外，历史与现实，在这条小街上奇异地汇合。两对父子，塑造了沈阳的命运和性格：天生梦想，又土又狂，勇猛正直，忠诚豪侠，仗义疏财，成事不足，败事有余，粗鲁颟顸……游牧民族的剽悍与汉族移民后代的匪气交织，无所不能，无所不往，相得益彰，互为消解。

身在沈阳，心系北京。沈阳是北方游牧民族入主中原的最后一座关隘和要塞。沈阳是封疆大吏施展济世情怀的最后一片乐土和泥淖。新中国成立后，沈阳服从全国一盘棋，成了重工业煤炭钢铁机械制造基地，半个多世纪以来为全国人民作出了贡献，也意味着牺牲。如今的沈阳几乎成了德国式的鲁尔工业重镇，面临着重新振兴起飞的痛苦艰难。古时所说的盛京八景"天柱排青、辉山晴雪、浑河晚渡、塔湾夕照、柳塘避暑、花泊观莲、皇寺鸣钟、万泉垂钓"早已在几十年大机器的轰鸣中不见踪迹。新的盛京景观：满族溯源地，国际秧歌节，世界园艺博览会，奥运足球分赛场……正纷纷而起。仕子们也知道，风景秀美的棋盘山虽是一盘诱人的残局，其实也是死棋。跳出沈阳，方能满盘皆活。

沈阳老了，早已经老过两千岁；沈阳还年轻，顶多也只能算条中年的汉子，才刚知天命而已，正逢如虎似狼、如日中天的年纪。有谁认为酒会老吗？尤其烈性的，总是老而弥坚，老而醇香。只是有关沈阳这杯酒，需要慢慢品，在第一口上降服住它，接下来的事情就好办了。如同沈阳的小娘们儿，要么草根，生生不息，永远低伏在生物链的最底层，随风而逝，默默都做了衰草牛羊野嚼裹；要么，就是孝庄、赵四一类人物，治大国如烹小鲜，辅佐朝廷如管孙子，把男人和国家的命运尽皆把握于股掌之中……呜呼噫嘘嘻乎哉！沈阳这口酒，也还算喝得过吧？

（原载《人民日报》2007年6月2日）

## 07

## 在武汉

◎林白

据说武汉的冬天比南极还要冷，南极我没有去过，不过看了一篇去过南极的武汉人写的文章，说北京人一到南极就冻感冒了，而她半夜走出帐篷去酒店小解，也不过像在家里起夜而已。以我在武汉过冬的体会，觉得此话可以两说。

19岁至23岁在武汉上学，印象至深的寒冬情景是：三个人挤在同一张床上盖三床棉被大背辩证唯物主义——那时每人仅一床被子，要凑够三床被子就得凑够三个人。在窄小的单人床上，并排只能容下两人,有一个得坐在床尾。如此紧张的态势,好在是一闪就过,考完试即放寒假,各自回家。

我从未在寒假回过家。年轻时淡漠家庭,想来是潜意识里个人主义和无政府主义的双重叠加。总之我从不觉得不回家过年有何不妥,我喜欢一种空茫、空旷的感觉,在寝室里独自一人,我开始写诗,并把这种感觉上升为某种内心的辽远和澄澈。

怀着空茫和辽远之心情我在武汉度过了四个冬天。现在想起来,最冷的寒假似乎没那么冷。人的记忆真是奇怪,明明是滴水成冰,早上出门,宿舍檐头挂下来的冰柱有几尺长,端着饭碗往饭堂走,一路走过去,踩在雪地上嘎吱嘎吱响,寒气直逼鞋袜,锋利地穿过牛皮和棉花杀进我的骨头。我看见了自己三十多年前穿的那双皮鞋,一双八成新的皮棉鞋,是我的小姑姑寄给我的,她从桂林无线电学校毕业,分配到遥远而寒冷的东北齐齐哈尔,"没有皮棉鞋,你的脚就没法要了",这是她的经验之谈。于是从亚热带的广西北流县出发前,我收到了她寄来的包裹,除了这双皮棉鞋,还有一件崭新的呢子上衣,绿色有暗格纹,宽松端正,刚好能套在棉衣的外面。棉衣是学校发给南方同学的,一分钱不要。

此外学校还发了用稻草编成的床垫，厚而有弹性，透气，保暖性能不比棉褥子差，而且是我小时就用惯的。在干爽的稻草垫之上建立起来的被窝，带着草香和轻微的唰唰声，堪比世界上最有效的堡垒。除了打饭不必出门，也不用上课和考试，在广大的寒冷中守着身上的暖，胡乱看书，再胡乱涂写。而窗外大雪纷飞，万物枯瘦。

大雪纷飞中我看见了武汉大学的小操场，那是露天放映场，是我每周热切翘盼之地。在寒假中我多次冒着大雪坐在露天的雪地里，在台阶上，坐着自己带来的小板凳，双脚陷在雪中。脑后白色的光柱射到正前方的露天银幕上，那些或黑白或彩色的影像在他们的故事中。我丝毫也不觉得冷。散场时我看到了自己陷在雪地里的脚印，以及，另一双靴子。那是军队中的靴子，翻毛、高帮、棕黄色，质量极好。初放寒假时我们班的郝治平同学跟我说：小林，这双靴子留给你穿吧，还是很管用的。她尽量轻描淡写，免得对我有任何心理上的伤害。她是军队大院子弟，戴一副深度近视眼镜，常年穿一件四个口袋的旧军装，朴素、严谨、温和。她与我不同一个宿舍，我跟她也无特别交情。我高兴地穿上这双翻毛皮靴去露天电影场，雪陷过了靴帮和靴底的缝合线，但雪水丝毫没渗进，脚底干爽暖和，我踩在散场后杂乱的雪地上，人靴一体，披荆斩棘（那些寒冷的棘条）。

　　武汉的冷度与南极大概真有一拼吧，不过我还是特别喜欢武大图书馆飞檐下那些经久不化的冰柱，当然还有数学楼、理科楼、老斋舍、食堂的冰柱，我热爱所有绿色琉璃瓦（也包括行政楼的蓝色琉璃瓦）檐下的冰柱，早晚晨昏，抬头看见那些长长短短粗细不一的冰柱，它们晶莹透亮，像倒挂的竹笋，有突起的节以及拔节的生长态势，从而超越了冰的脆弱。它们在灰蓝色的天空下闪闪发光。多年来我常常认为大学四年是自己一生中的暗淡时段，但现在，那些日子被往昔的冰柱所照耀，仿佛容貌一新。

　　四十多岁时到武汉工作，先在武昌东湖附近租房居住。东湖风景很好，时值深秋，湖面辽阔，树木斑斓纷纷，大群花喜鹊飞起飞落，湖边寂然无人。我又开始写长篇，写累了到湖边散步，每次看见一个中年男人在湖边练美声，心中安宁。后来天渐冷，湖边萧瑟。室内最冷是卫生间，抽水马桶的圈垫有蚀骨之冰感。我居然没有想到要给自己买一个绒布套套在圈垫上。傍晚时分寒气最重，这时候我就到饭堂去。我租住的房子在单位大院，院内有食堂，一日三餐不必自己开伙。晚餐时分，食堂只留一位师傅值班，饭菜大多是中午剩下的，食客寥寥，常常五六排餐桌仅我一人。不过饭堂里比我租的房子暖和多了，此外饭堂师傅的孩子这时候会来玩，他告诉我他叫什么名字，他最爱吃什么菜，他们班上谁跟他最好，等等，这使我的就餐气氛不至于太枯索。

我向往一种来去无牵挂的境界，同时我却对独自吃饭深恶痛绝。年纪越大越喜欢和家人一起吃饭，喜欢晚餐时的家庭餐桌，有荤有素有汤，明亮的灯下孩子大口大口往嘴里送饭菜……不过清冷的生活给生命以张力，我清晨出发，要从武昌跨越长江到汉口的单位去，长江浩荡，长风猎猎，一天两次跨过扬子江。好在长江二桥已经修成，从我的住处徐东大街一路直行，过二桥、黄浦大道，在一个转盘处左拐，就到了（想当年，从武昌到汉口，要先坐公交到江边轮渡，买票，排队，等候踏到渡轮的铁板上。然后汽笛呜呜，渡轮摇晃，就像是贴在江面上渡过长江）。

一天两过长江，心中无端有豪情。回来晚了错过饭点，抬腿就到黄鹂路的中百超市去，那里的入口处摆着两口冒着热气的大锅，一口锅里蒸着糯玉米，另一口，是紫米粥。买上一根玉米啃光，然后冒着寒风，回到租住的新华社湖北分社大院。走过空旷冷清的前院，到宿舍区的楼下，一楼的住家正冒出炒菜的滋啦声，油烟腾腾，落到楼前的冬青树上——它们向我馈赠了浓稠的人间气息。我很想写一首诗。我一直想写诗，没有句子盘桓，写不出。记得诗评家耿占春曾经对我说过（那是1997年，《花城》茂名笔会的事），写诗需要沉默。果然就是这样。我沉默着回到我的一居室，写下了一首诗：《在武汉过冬》。过了两年，我改了一稿，题目也变成《回忆二〇〇四年在武汉过冬》。

在汉口买了房子之后我反倒不太常去武汉了，单位宽松，我尽量不在最冷和最热的季节去武汉，因此一直没在新居安装冷暖空调。有一年，在隆冬时节我得回武汉开会，开会期间住酒店，自然是温暖如春。散会是在中午，回北京的返程票是在晚上，我需要在没有任何取暖设备的房子里度过整个下午。

这一次，武汉的严冬才真正向我露出了它的狰狞。从外面进屋，温度骤然低了几度，除了从北京来时穿在身上的羽绒衣外，我用衣柜里留在武汉御寒的所有衣物把自己裹了起来，厚袜子、厚手套、居家穿的长棉衣——棉和毛层层堆叠，令我透不过气来。我打算坚持到下午五点，然后出门找一家饭馆吃饭，饭后再慢吞吞关上水电门窗，火车是八点多的，还很早。但是仅仅过了半个小时就不行了，我开始发抖，全身冻得像冰棍，无端想起卖火柴的小女孩，开始担心自己冻僵。这样的冷法实在出乎意料，当年明明比现在冷啊，而且没有羽绒服，宿舍里同样没有暖气。大概就是年纪到了，人一老，体内的火渐熄，寒气当然长驱直入打你个人仰马翻。那好吧，我三点多钟就出门找饭馆，找了一家有蒸饭有煲汤的江西馆子，吃了饭，喝了烫烫的热汤，磨蹭到五点。剩下的三小时再也不敢在家里待着，早早地，把自己交给了汉口火车站候车室。

比起真正的北方，武汉的冬天并不长。三月份，学校刚开学春天就来了。天气透朗，草绿花开。既无北京的风沙尘霾，也没有广西的湿闷沉滞。身是轻的，心也便轻。如此就要出门照相了，三三两两，走到樱花下，人一笑，明亮动人。有樱花的春天当然是珞珈山上，在三十多年前的某一夜。所谓过去的永远都是最好的，那时候没有来观樱的人山人海，可以静赏老斋舍前繁盛的花——从这头望向那头，像密实的云层，一层浅红一层粉白，既是密的，又是轻的。尤其是夜晚，满月，一轮金黄色的大月亮垂着，不高也不低，一树繁盛的樱花浸满了月光，温润、神秘、难以企及。而你站在老斋舍的台阶下。然后，在记忆中，层层花瓣微微翕动，分泌着月光。跳荡，起伏，花朵汹涌——这些都是我曾经写过的。

今年春天，我办妥了退休手续，无论冬春，我与武汉的缘分就越发稀薄了吧。我将卖掉武汉的房子，和武汉渐行渐远。2004年五月份我到武汉报到，之后同邓一光、李修文、张执浩到洪湖老湾乡，一路斜风细雨，万物青翠，山河浩荡。棉花苗已经长到一拃长，油菜正在收。因为下雨不干活，我在小学校二楼的一个教室里开始了《妇女闲聊录》的采访。第一个妇女在我的本子上写下了自己的名字：张三英。她以前放鸭子，现在开米厂，80年代扫盲，学会了写自己名字。汤仁美、黄四新、李小菊、马喜善……她们一一出现在我的本子上。然后我们去了红安七里坪，去了利川。一切历历在目。自2004年春至今，已整整11年了。

（原载《作家》2016年第1期）

# 08

## 成都的七张面孔

◎ 李舫

土耳其诗人纳齐姆·希克梅特（1902—1963）说，人的一生有两样东西是不会忘怀的，一个是母亲的面孔，一个是城市的面孔。

然而，随着城市更新的不断推进，越来越多伴随着我们成长的记忆在渐次远去。隔过浩荡的时光，回望疾驰的岁月，能够留在我们记忆深处的城市面孔还有多少？

毋庸置疑，这其中一定有成都。

成都是一座迷人的城市。成都的源头可以追溯到三千年以前，公元前五世纪中叶，古蜀国开明王朝九世时（前367年）将都城从广都樊乡（华阳）迁往成都，构筑城池。《太平寰宇记》记载，成都这个名词，是借用了西周建都的历史，周王迁岐，一年而所居成聚，二年成邑，三年成都而得名蜀都。在四川话里，成都两个字的读音就是"蜀都"。所谓成者，毕也、终也。成都的含义，其实就是蜀国建完的都邑，或者说最后的都邑。

三千年时光倥偬而过，到今天，成都留下了无数让人回味的瞬间，这无数的瞬间婀娜多姿、顾盼生辉，串联起成都令人怦然心动的回忆。成都，给我们留下了各种各样的侧面，我们不妨从中撷取七个。

成都的七张面孔就是：诗歌成都、神秘成都、生态成都、美食成都、安逸成都、财富成都、创新成都。

## 一、诗歌成都

我们知道，成都是中国文化的一块高地，是最有文化积淀、最有人文底蕴、最有开放精神、最有书香气息、最适合居住的城市,也是世界闻名的国际化大都市。当然,成都还是举世闻名的"诗歌之城",是中国诗歌不可忽视的地标。成都具有丰厚的诗歌资源,历代文学巨匠大多游历过成都,留下了大量的翰墨珍藏。杜甫草堂不仅是当代中国,更是整个世界范围内诗人祭拜的圣地。

2017年国际成都诗歌节上,诗人吉狄马加赞誉成都是一座"诗歌和光明涌现的城池"。他说:"当我们把一座城市与诗歌联系在一起的时候,这座城市便在瞬间成为一种精神和感性的集合体,当我们从诗歌的维度去观照成都时,这座古老的城市便像梦一样浮动起来。"此言不虚。

古诗人皆入蜀,入蜀必然入成都。我们翻开历史,不难发现,凡有名的诗人,都曾经在成都留下过足迹,留下传诵后世的名诗名句。成都是中国诗歌的,是无数诗人的精神远方——被称为中国诗歌黄金时代的唐朝,一个又一个伟大的诗人李白、杜甫、白居易、岑参、刘禹锡、高适、元稹、贾岛、李商隐、温庭筠、王勃、杨炯、卢照邻、骆宾王,等等。唐代诗人杜甫写过《成都府》:"翳翳桑榆日,照我征衣裳。我行山川异,忽在天一方。但逢新人民,未卜见故乡。大江东流去,游子日月长。"蜀地诗歌称霸中国，杜甫功不可没。杜甫与成都风景，已经是浑然一体、不可分离，提到成都，我们会联想到这位伟大的诗人。我们从杜甫诗中了解成都、怀念成都、赞美成都。成都伴随着杜甫，一同走进中国历史的光辉岁月。

中唐诗人张籍（约766—约830），崇拜杜甫已到了近乎疯狂的地步。他曾经把杜甫的诗集焚烧成灰烬，再以膏蜜相拌，全数吃下，之后抹嘴大叫：我的肝肠从此可以改换了！张籍在一首《送客游蜀》诗中写道："行尽青山到益州，锦城楼下二江流。杜家曾向此中住，为到浣花溪水头。"

白居易（772—846）称赞"诗家律手在成都"。史称杜元颖长于律诗，不过《全唐诗》仅存诗一首。而白居易的好友元稹（779—831）在《送东川马逢侍御使回十韵》一诗中开篇就说"风水荆门阔，文章蜀地豪"。

在宋朝，与成都结下深厚情谊和缘分的诗人词人，甚至更多。他们不约而同来到成都，在这里逗留，在这里居住，在这里生活，放飞梦想，放飞心灵：柳永初来成都，便被这里繁荣、壮丽的景象震惊了，他填了一阕《一寸金·井络天开》的词，以赋体形式极力铺陈，将宋朝的自然风光、风土人情描绘得淋漓尽致。柳永离开成都二十余年后，写出名句"红杏枝头春意闹"的宋祁，到成都担任益州知州。

三苏父子赴京师赶考，从成都出发，那时苏洵47岁，苏轼19岁，苏辙17岁。尽管苏轼在成都停留的时间不长，但对成都一直念念不忘，他在《临江仙·送王箴》词写道："忘却成都来十载，因君未免思量。凭将清泪洒江阳。故山知好在，孤客自悲凉。"苏轼直到47岁时，还追忆眉山老尼讲述蜀主孟昶与花蕊夫人在摩诃池上夜间纳凉的故事，填词《洞仙歌》，留下"冰肌玉骨，自清凉无汗"的美妙词章。南宋中期，著名诗人陆游与范成大相继入蜀，书写了宋代成都最夺目的篇章，范成大认为成都的繁华与扬州很是相似，将成都万岁池与杭州的西湖相提并论。离开成都的范成大，心心念念总是成都的花事，他在词作《念奴娇》中倾诉衷肠："十年旧事，醉京花蜀酒，万葩千萼。"

陆游对于宋代成都的意义，堪比唐代杜甫。他热爱城市、园林、山水、民俗、物产、花草、饮食、文化，涉及世俗生活的所有方面。陆游47岁到成都，作《汉宫春》两阕，他初来已经被成都的繁盛惊住了："看重阳药市，元夕灯山。花时万人乐处，敧帽垂鞭。"陆游在《风入松》中总结蜀中生涯，说道："十年裘马锦江滨。酒隐红尘。万金选胜莺花海,倚疏狂、驱使青春。吹笛鱼龙尽出,题诗风月俱新。"陆游还写过一首《成都行》:"倚锦瑟,击玉壶,吴中狂士游成都。成都海棠十万株,繁华盛丽天下无。"

我们知道,发生在20世纪七八十年代的中国当代诗歌运动,深切体现了其中所隐藏的现代中国人生存体验的思考和颖悟,以成都和重庆两地为中心的巴蜀诗人群体是中国现代诗歌运动的重要组成部分,其在历史上的意义,与首都北京的诗人群体不相上下。环视当下中国诗坛最活跃、最具有影响力的中国诗人,我们可以数出几十位,他们都是从成都走出来的。成都毫无争议地被公认为中国现代诗歌运动最重要的城市之一,成都又一次穿越了历史,成为中国诗歌史上始终保持诗歌地标的重镇。

成都不仅盛产诗歌和诗人,还产生了许许多多震烁古今的文学家。司马相如、扬雄、王褒、陈寿、陈子昂、李白、苏洵、苏轼、苏辙、杨升庵、李调元、郭沫若、李劼人、巴金、沙汀、艾芜……非川籍而进入第二故乡,在安逸之地继续成功,锐进升华者,有文翁、杜甫、王勃、岑参、李商隐、薛涛、黄庭坚、陆游,以及抗战十四年,长期流寓四川的茅盾、叶圣陶、朱自清、老舍、张恨水、曹禺、吴祖光等。不止诗人、作家，正如古人所说，"天下才人皆入蜀"。

从某种意义来讲，成都成了不同历史时期的许多诗人在诗歌的栖居地，成为文学家精神上的故乡。在漫长的中国历史上，成都一直是一个在文学的繁荣史上从未有过低落、有过衰竭，甚至一直保持在高峰姿态的城市，这是文化的奇迹。

一个直观的原因是，与中国别的地域相比，甚至与不远的巴蜀中的"巴"相比，蜀地更加丰衣足食，少有自然灾害发生，政治局势和平民百姓的生活都趋于稳定，特别是以成都为中心千里沃野的平原地带，可以说是中国农耕文明的最精细发达，同时也是存续时间最长的地方。正因为此，古代的许多中国诗人都把游历寻访成都作为自己的一个夙愿和向往。这其中还有一个重要的原因，就是千百年来成都似乎孕育了一种诗性的气场，它凭特殊的地理环境和能把时间放慢的市井与乡村生活，毫无疑问是无数诗人颠沛流离之后灵魂和肉体所能获得庇护的最佳选择。

## 二、神秘成都

因为历史和地理的双重因素，铸就了成都许多不可言说的神秘。成都的地理位置是东经102°54′—104°53′、北纬30°05′—31°26′。曾经有科学家提出，这条30纬度线，贯穿了世界上一切不可言说的神秘，是一条地地道道的神秘之线，它穿起了一系列世界奇观以及难以解释的神秘现象，比如，埃及的金字塔、大西洋的百慕大三角、英国的巨石阵、马耳他的车轨，甚至是公元前六世纪在古巴比伦王国建成的巴比伦通天塔……这些人类文明中具有神秘色彩的地域全都集结在这个纬度。

如果再把这条线所在区域扩大为国家，我们会发现，四大文明古国（位于西亚的古巴比伦、位于北非的古埃及、位于南亚的古印度、位于东亚的中国），世界五大宗教（基督教、伊斯兰教、佛教、儒教、道教），也都发源于此。

成都的神秘之处还不止于此。在中国乃至全世界，有谁不知道成都的大熊猫吗？相信没有。作为来自800万年前的远古使者，大熊猫是成都最有亲和力也是最有影响力的名片。

大熊猫是历史的"活化石"。根据记载，人类不过才150万年到200万年的进化历程，大熊猫却在800万年前就已经生活在地球上。研究表明，300万年前的大熊猫，它的毛色、体态、体形跟现在是差不多的，300万年如一日。难道生物演化规律没有发挥作用？为何全球万千物种，独独大熊猫历经800万年而不灭？科学家无法给出答案。800万年以来，与大熊猫同时生活的动物，比大熊猫晚期的动物，它们都在漫长演化过程中被淘汰，不论是瘦弱还是强壮，不论是温驯还是凶猛，不论适应性强还是不强，灭绝动物的名单越来越长：剑齿象、剑齿虎、剑齿马。近年来，随着环境的恶化，这份名单在不断拉长：渡渡鸟、大海牛、恐鸟、大海雀、开普狮、阿特拉斯棕熊、南极狼、斑驴、圣诞岛虎头鼠、旅鸽、墨西哥灰熊、得克萨斯红狼……然而，幸运的是，大熊猫却顽强地生活到了今天。800万年来，到底是什么样的生存机制，让某些动物消失，又选择让某些动物顽强地生存到今天？生物学家没有给出答案，这就让大熊猫这位来自远古的使者显得愈加神秘。

800万岁的大熊猫从远古走到今天，带给我们无数我们至今无法解开的谜。首先是大熊猫是食肉动物，经过演化变成以竹子为主要食物的动物。可是竹子的营养成分非常低，连草都不如。大熊猫为什么要放弃高蛋白高营养的食物，转而选择低蛋白低营养的竹子？生物学家试图寻找答案，甚至对死亡大熊猫进行解剖，研究大熊猫的消化系统，但是他们至今没有找到答案。

素食主义者，大熊猫也没有一般食草动物细长的肠道和复杂的胃或发达的盲肠，它的消化道粗短而又简单。此外，在大熊猫的基因序列于2009年公布之后，科学家还发现大熊猫消化道内缺乏一些帮助食草动物消化纤维素和半纤维素的酶。这更让科研人员非常困惑，缺乏这些必要条件的大熊猫是如何消化竹子的呢？魏辅文课题组进一步研究发现，大熊猫的消化道内确实含有微生物，而且和一些食草动物体内的微生物非常类似。不过尽管如此，大熊猫为什么喜欢吃素这个问题，迄今为止，仍然没有一个完美的或者是简单的解释。

其次，大熊猫毛色只有黑白两色，每一只大熊猫的黑白花纹都不尽相同。但是这黑白两色的简单搭配之间，却似乎蕴藏着无穷的玄机。黑白两色是最基础的颜色，有人称之为宇宙色，有人认为其中有道家八卦图的玄机，非常难调配的两个颜色在大熊猫身上却非常和谐，让它们显得憨态可掬又灵动可爱。

再次，大熊猫的生活习性也很神秘。人们往往认为大熊猫较懒惰，一天到晚不怎么动，笨笨的，憨态可掬。专家们说，大熊猫其实不懒，大熊猫在树林的奔跑速度超过人类，150公斤的大熊猫比150公斤的人爬树可快得多了；大熊猫的平衡性非常好，它可以睡在很高、很细的树枝上不会跌落；大熊猫据说也可以游泳。

《纽约时报》曾登过一篇文章，从基因的角度分析，哪些动物能够使人改变内分泌、产生悦感、不要太凶猛、颜色不要太刺眼、形状圆滚滚，等等，十大标准不一而足，大熊猫符合每一条标准。

成都的神秘还有很多，比如金沙遗址。

金沙遗址是2001年在施工中被偶然发现的，这其实是公元前十二世纪至公元前七世纪的古蜀国都城遗址。金沙遗址是继三星堆文明之后，商代晚期至西周时期古代蜀国的都邑所在，它与成都平原的史前古城址群、三星堆遗址、战国船棺墓葬共同构建了古蜀文明发展演进的四个不同阶段。金沙遗址的发现，极大地拓展了古蜀文化的内涵与外延。对蜀文化起源、发展、衰亡的研究有着重大意义，特别是为破解三星堆文明突然消亡之谜找到了有力证据。金沙文明就是直接秉承三星堆文明的精髓，并在此基础上进一步发展壮大，辉煌的金沙文明实是三星堆王国政权迁徙南移的结果。

此外，在三星堆遗址和金沙遗址出土的数以亿计的陶器残片，以及这些陶器上不规则的图形符号，即所谓的"巴蜀图语"，它们是文字？是族徽？是图画？或是地域性宗教符号？也许其中某些部分具有文字意味？显然这是一部千古难解的"天书"。

考古学家陆续发现，四川盆地及周边地区同时存在的几十处文化遗存，如同满天星斗，围绕在金沙遗址周围，烘托出金沙遗址在这一时期不可动摇的中心地位。金沙遗址的发现，同时，也带来了一连串千古之谜。遗址中有一件文物最能代表金沙遗址的神秘，这就是金沙遗址博物馆的镇馆之宝"太阳神鸟"。太阳神鸟是古蜀国太阳崇拜的最直接的信物，古蜀先王认为，太阳的运动由鸟驮而行，因此才将鸟与太阳联系在一起，十二道光芒代表了十二个月，四只鸟代表了一年四季。

2006年，我国第一个文化遗产日，将太阳神鸟图案作为中国文化遗产标志，不仅因为太阳神鸟图案寓意深远、构图严谨、线条流畅、极富美感，是古代人民"天人合一"的哲学思想、丰富的想象力、非凡的艺术创造力的完美结合，还因为太阳神鸟里面还包含着今天我们都无法破解的谜题——这件金箔，至少采用了热锻、锤揲、剪切、打磨、镂空等多种工艺，外径12.5厘米，重20克，只有一张复印纸那么薄，含金量达到94.2%——这些指标，即便放在今天，无论从艺术设计还是工艺水平，都难以实现，那么我们禁不住要发问，在3000年前的古代，人类还没有开始大规模使用铁器等锋利工具，如何完成如此轻灵薄透的金饰？又怎样锤揲金箔变成天衣无缝的圆环标记？金沙遗址的发现使3000年前一段辉煌灿烂的文明奇迹般地展示在世人眼前，人们不禁要问，是谁创造了这段历史？是谁铸造了这个奇迹？他们何以如此辉煌？他们来自哪里？又去向何方？

金沙遗址中，有1400多件精美的玉器，成功搭建起了金沙文明的祭祀体系。其中一件重达3918克的"玉琮王"，经考古学家证实是遥远的良渚文化的产物。

前不久，良渚文明被联合国教科文组织纳入新的世界文化遗产名单。良渚，发源于浙江余杭长江下游的环太湖地区，比古蜀文明早近2000年，是中华文明的黎明时代，是实证中华五千年文明的圣地。然而，在金沙遗址中，竟然出土了良渚的礼仪重器，这让人百思不得其解。这件玉琮是如何跨越了近2000年的历史长河，辗转流离到了古蜀金沙？是国破后重器的迁播，还是商品交换的结果？我们不得而知。我们知道的是，一块神秘的玉琮之王，就这样连接起了两个伟大的文明。

尽管金沙仍是迷雾重重，但通过一些文物和记载，考古学家和历史学家仍然能够清晰勾勒出金沙古国的轮廓：它是一个强大的古国，它的疆域最大时覆盖了如今的中国西南数省；它是一个悠久的古国，延绵近千年；它是一个文明古国，创造了独特而灿烂的文化；它是一个开放的古国，通过各种艰难坎坷的蜀道，与全世界发生着关联。

## 三、生态成都

作为长江上游一道生态屏障，"窗含西岭千秋雪，门泊东吴万里船"的成都，自古以来，绿色就是这座城市的鲜明底色。今天，成都市贯彻落实"绿水青山就是金山银山"理念，加强顶层设计，通过铁腕治霾、科学治堵、重拳治水、全域增绿，把经济社会发展同生态文明建设统筹起来，建设美丽宜居公园城市，一幅宜居宜业的城市画卷正在徐徐展开。

生态成都,首先是山水成都。细数成都的好山好水,我们发现,不仅仅是都江堰、青城山,以山而言,成都西部大邑县境内,有杜甫笔下"窗含西岭千秋雪"的西岭雪山,最高海拔达5300多米,集林海雪原、险峰怪石、奇花异树、珍禽稀兽、激流飞瀑于一体,冬可滑雪,夏可滑草,是人们休闲的好去处。而市东则有横卧逶迤的龙泉山,山虽不高,果木繁多,一到春天,满眼桃花梨花,一片锦绣,自然是农家乐的必选场所。再说那川西坝子,绿意幽幽竹林深处,一团团,一簇簇,不时传来咿呀人声,冒起缕缕炊烟。这就是中华大地独一无二的农居景致——"川西林盘"。林盘由林园、宅院和外围耕地组成,宅院隐于林丛中,绿水绕着竹林走。据统计,成都有9万个林盘,恰似9万颗珍珠,镶嵌在巨大的绿地之上。

老舍曾经在一篇名为《青蓉略记》的文章中记载成都:"灌县的水利是世界闻名的。在公园后面的一座大桥上,便可以看到滚滚的雪水从离堆流进来。在古代,山上的大量雪水流下来,非河身所能容纳,故时有水患。后来,李冰父子把小山硬凿开一块,水乃分流——离堆便在凿开的那个缝子的旁边。从此双江分灌,到处划渠,遂使川西平原的十四五县成为最富庶的区域——只要灌县的都江堰一放水,这十几县便都不下雨也有用不完的水了。"

我们在今天,难以想象2000年前的李冰父子是怎样掌握了中国乃至世界上都是非常先进的水利思想,巧借地利,疏通水道,兴建水利,都江堰工程之所以与众不同,在于其顺乎水情,更在于其善于利用成都平原的自然地理特征,利用各种不同的地势、水脉、水势、地形,采取无坝分水,壅江排沙,继而自流灌溉。这一切无不透着一种顺应水的自然特性,譬如鱼咀、百丈堤、飞沙堰等均是顺应水势,而非逆水阻水,更非拦坝蓄水之类的做法。2000多年来,都江堰水利系统一直滋润着成都平原的百姓,养育着他们的生活生产。这在高科技日益发达的今日仍有非常现实的启示意义。

望得见山,看得见水,记得住乡愁。山水成都,成都山水。走遍中国,大概再也找不到一个如此清闲安逸的地方了。在城市生态文明建设发展中,成都正在以更多优质生态产品供给,让人们深切感知成都的美,这是一种沉甸甸的获得感、幸福感。

## 四、美食成都

2010 年，成都被联合国教科文组织授予亚洲首个世界"美食之都"称号。

成都，是毫无争议的美食之都。2018 年，成都全市餐饮业零售额销售收入就达 900 亿元，占成都市 GDP 总值的 5.87%，同比增长 13.7%。

明代傅振商曾经编辑《蜀藻幽胜录》，他在开篇写道："蜀之位，坤也。"《周易》之"坤"位，与乾所代表的"天"相对，属阴，代表"地"。万物并育而不相害，道并行而不相悖。大地孕育万物，万物秉坤而生，世界上很多民族将大地视为母亲，不无道理。

有专家研究指出，成都气候温和，年平均气温在 15—16 摄氏度，加之成都平原的土质大部分是微酸性灰色沙质土壤，土质疏松，含有多种肥料成分，渗透性好，保温力强，通气易碎，涵水力很好，适宜农作物的生长。俯视成都平原的地势是西北高而东南偏低，平均坡降度为千分之四，为都江堰进行自流灌溉提供了极其便利的条件,水旱从人,沃野千里,物产丰饶,绝非溢美之词。李实的《蜀语》在"沃土曰鱼米之地"条引载田澄诗"地富鱼为米,山芳桂是薪"作注,充足的食物,温润潮湿的气候,使成都形成"尚滋味、好辛香"的饮食风尚。一句话,"成都形成独特的饮食文化,究其根本,乃山川地利之功"。(《从历史的偏旁进入成都》)

成都拥有着大自然最神奇的厚爱,物华天宝,琳琅满目。蔬菜、瓜果,应时而生;家禽、家畜,应势而长。成都不仅盛产各种食材,还盛产各种调料,我们似乎很难在其他地方找到如此丰富的佐料了——自贡贡盐、汉源花椒、太和酱油、保宁醋醋、郫县豆瓣、资中冬菜、叙府芽菜、夹江豆腐乳、涪陵榨菜、永川豆豉……每一种佐料都有数种甚至数十种选择。我们不难理解何以川菜能够走出成都,走出四川,走出中国,走向世界。走遍全世界的唐人街,哪一条街上没有川菜?走遍全世界的大小城市,哪一个城市没有川菜馆?

双流兔头、夫妻肺片、担担面、龙抄手、钟水饺、韩包子、串串香、三大炮、酸辣豆花、肥肠粉……菜单上的川菜,毫无疑问已经是中华料理的基本菜品。麻辣味是川菜的招牌,然而,你如果认为川菜都是麻辣，那你就狭隘了。川菜里有一半甚至是一半以上是不沾海椒、花椒、胡椒、辣椒的美味菜品。智慧、乐观、热爱生活的成都人，用大自然赐予他们的神奇植物和动物，将他们的餐桌经营得红红火火，也将他们的生活经营得红红火火。

成都盛产美食，一个重要的原因在于成都的普及能力、变革能力、包容品性。如果你熟悉川菜，你会发现，成都人不论是家常还是酒店餐桌上的菜单，都是与时俱进、日日常新的。成都美食，有容乃大，无远弗届，天下无敌。山珍海鲜，飞禽走兽，野菜时蔬，辛辣清淡，红鸳白鸯，只有你想不出来，没有成都人做不出来的。

成都美食之所以能够遍布全球，还有一个重要的原因就是有一群从古至今数不胜数的名人雅士甘心情愿做成都美食的俘虏，做美食成都的粉丝。到了美食遍布的成都，再优雅的儒士都不能抵抗这份诱惑。

宋代诗人陆游自号放翁，以彪炳其达观豪放的品格，可是纵然收放自如能如此翁者，在成都美食里，也只好乖乖就缚。他曾经写过一首《蔬食戏书》："新津韭黄天下无，色如鹅黄三尺余；

东门彘肉更奇绝,肥美不减胡羊酥。贵珍讵敢杂常馔,桂炊薏米圆比珠。还吴此味那复有,日饭脱粟焚枯鱼。人生口腹何足道,往往坐役七尺躯。膻荤从今一扫除,夜煮白石笺阴符。"

吃完了他还会跃跃欲试,自己动手,他曾经写道:"东门买彘骨,醯酱点橙薤。蒸鸡最知名,美不数鱼鳖。"采买食材的乐趣尽览无余。陆游还曾作《饭罢戏作》:"南市沽浊醪,浮蛆甘不坏。东门买彘骨,醯酱点橙薤。蒸鸡最知名,美不数鱼鳖。轮囷犀浦芋,磊落新都菜。欲赓老饕赋,畏破头陀戒。况予齿日疏,大胾敢屡嘬。杜老死牛炙,千古惩祸败。闭门饵朝霞,无病亦无债。"给远方的朋友写信,谈到的还是吃:"剑南山水尽清晖,濯锦江边天下稀。烟柳不遮楼角断,风花时傍马头飞。芼羹笋似稽山美,斫脍鱼如笠泽肥。客报城西有园卖,老夫白首欲忘归。"(陆游《成都书事》)

陆游在成都宦游多年,在这里,他惊奇地发现,新津的韭黄,彭山的烧鳖,成都的蒸鸡,新都的蔬菜,都是难得的美味;他还发现了,说排骨用加有橙薤等香料拌和的酸酱烹制或蘸美至极。除此之外,他津津有味地写到,用新鲜竹笋炖的菜羹,就像从稽山上挖下来的竹笋炖的一样,味极鲜美;从锦江里打捞垂钓上来的鱼儿,就像从笠泽江里打捞垂钓上来的一样,壮实肥大。后来离开成都多年,陆游还对这里的美食念念不忘,津津乐道。

## 五、安逸成都

成都的广告语,响亮地传遍大江南北:"成都,一个来了就不想走的城市。"

为什么来了成都就不想走?一个最重要的原因就是:"因为成都安逸得很嘛!"接待我们的市政府新闻办小徐,一脸怡然自得。

什么是安逸?诗经曰:"安之逸之,适之豫之。"指的是一种从内到外、通体舒泰的精神感受。而在四川方言里,"安逸"则有着更丰富的含义,不仅仅是指从内到外、通体舒泰的精神感受,而且还有那种自信从容、悠闲巴适的精神气度。

香港作家黄裳在《闲》中曾写到成都的安逸:"一个在上海住惯了的人初到成都,一定会有一种非常鲜明的感觉,就是这个城市的悠闲。"他在文章中写了自己经历的几个有趣的故事。他从成渝铁路终点站走了出来,天正好下雨。手里提了两件行李站在泥泞的空地上，想找车子，可是只看到几位悠闲地坐在那儿休息的三轮车、人力车工友同志。向他们提出请求，他们就摆摆手，摇摇头，发出悠长的声音来，说道："不——去——喽！"

黄裳喜欢在成都大街小巷漫步，人民公园里临河的茶座、春熙路上有名的茶楼、由旧家花园改造的三桂花园，都曾留有他的足迹。"只要在这样的茶馆里一坐，就会自然而然地习惯了成都的风格和生活基调的。"黄裳说，"这里有唱各种小调的艺人，一面打着木板，一面在唱郑成功的故事。卖香烟的妇女，手里拿着四五尺长的竹烟管，随时出租给茶客，还义务替租用者点火，因为烟管实在太长，自己点火是不可能的。卖瓜子花生的人走来走去，修皮鞋的人手里拿着缀满了铁钉样品的纸板，在宣传、劝说，终于说服了一个穿布鞋的人也在鞋底钉满了钉子。出租连环图画的摊子上业务兴隆。打着三角小红旗，独奏南胡，演唱流行时调歌曲的歌者唱出了悠徐的歌声。"

在成都，你会发现，所谓安逸，其实是从人们内心里悄悄散发出来的文化自信和文化自觉。鬼才作家魏明伦用十二字概括成都：文彩之城，安逸之地，成功之都。他毫不克制地写下对成都的赞美："文史丰厚，生活精美，经济发达，三足鼎立。成都的特征是综合优势！"

让魏明伦颇为不解的是，何以如此安安逸逸的成都人，却发明了一个轰轰烈烈的口号——"雄起！"在体育场上，比赛正在胶着之际，成都观众席里喊起的不是"加油"，而是感天动地的"雄起"。在生活场里，人生遭遇坎坷和挫折，成都这个城市的角角落落里喊起的不是"加油"，而是撼天动地的"雄起"。魏明伦对这个问题思考了很久而未得要领，他猜测，成都人也许在选择用另一种方式来"安逸"，成都人慢悠悠享受生活、追求娱乐的生活，泡茶馆是一种舒缓的娱乐，看球赛则是一种激烈的娱乐，有什么不同呢？目的都是为了"安逸"。魏明伦还用四句话来说明成都人对于安逸的把握——"好逸而不恶劳，好吃而不懒做，玩物而不丧志，享乐而不苟安"，这种分寸的拿捏，也许只有安逸成都里的百姓才做得到吧！

成都为什么安逸？道理并不复杂。

四川乃天府之国，成都，恰似镶嵌其中的一颗明珠。四围皆群山，中间一块硕大的绿色盆地，这仿佛是老天赐予的"飞来之地"。生活在这样的地方，想不安逸都不行。

每个城市都有自己的城市性格。成都的城市性格是什么？恬淡，冲和，包容，幽默。在成都，男人怕老婆不是缺点，而是优点，丈夫常常在妻子面前以"耙耳朵"自居，为的就是——尽我绵薄之力，博你红颜一笑。而妻子呢？深谙进退自如的法则，夫妻之道，尽在一笑之中。武侯祠"三顾园"有一道菜，一盘炸鸡，周围码有八粒大蒜。用餐之前，服务员会请宾客猜菜名，谁都猜不到，原来是"神机妙算"——这就是成都的幽默与诙谐。

今天，让我们不妨用四川话喊出我们心底的安逸：

"在成都过日子，硬是好安逸哟！"

"成都，一个来了就走不脱的城市！"

## 六、财富成都

在成都，我们会不时听到一个词，慢生活。

成都给人的感觉慢慢的，似乎经济并不活跃，成都人跟财富无关。然而事实并不如此。从中国第一张纸币——交子诞生在成都，就可以看出，从古至今，成都的经济金融活动，一直都在快速运行着。我们举目四望，不难发现花旗、汇丰、渣打、摩根大通、友利、东亚……这些来自全球五大洲的银行随处可见。在成都繁华的高楼大厦间穿梭，时不时地会以为自己是在某个著名的世界金融中心。凭借着自身庞大的市场以及巨大的城市魅力，四川成都吸引了大量资本和创业者纷纷涌入。

作为南方丝绸之路的起点，2300多年前，成都已与金融有着深厚的渊源。两汉时期，有"五都"之谓，指的是长安以外的五个大都市，它们分别是成都，以及洛阳、邯郸、临淄、宛（南阳），成都是当时著名的五都之一。从汉代开始，成都就一直是中国乃至世界的商业和金融中心。最令人瞩目的是成都诞生了世界上最早的纸币——交子，比西方还早了600余年。从汉代开始，成都还是中国最重要的纺织业中心之一，丝绸制品、蜀锦蜀绣正是从这里走向欧洲，引领欧洲的时尚生活。

唐代，全国城市经济有"扬一益二"之说，"扬"指的是扬州，"益"就是成都，说的就是经济发展在全国数一数二。到了唐代，成都又出现了新的支柱性产业：造纸业和雕版印刷。欣欣向荣的文化产业，是与成都繁荣的文化创作息息相关的。成都的造纸质量非常高，政府有一个规定，皇帝的诏书和官府文书必须用成都出品的麻纸来书写。唐代皇家图书馆里的抄书，也指定用成都的麻纸。与此同时，成都不仅率先把雕版印刷术形成产业化，而且其印刷品远销海内外，今天许多国内外的博物馆所收藏的世界上最早的印刷品，大都是成都出品。

从秦汉一直到南宋末年的1000多年时间里，成都一直处于持续性的繁荣阶段。北宋时期，成都诞生世界上最早的纸币——交子。交子的产生，有着时代的契机，交子产生于成都，离不开唐代之后产生并领先于时代的造纸术和雕版印刷术，它们为交子的出现解决了最后的技术性难题。宋代四川地区的经济发展及其需要的必然产物。值得一提的是，当时的统治者曾试图在与四川毗邻的地区如陕西推行交子，其结果是交子"可行于蜀，而不可行于陕西，未见竟罢"。(《宋史·食货志》)

货币的使用和流行是人类社会的一大发明。法国历史学家费尔南·布罗代尔还为我们提供了一个货币使人感到魔鬼在背后操纵、使人瞠目结舌的例证。18世纪中叶，英国不少著名哲学家、史学家、经济学家等坚决反对"新发明的票证"，"股票、钞票和财政部凭证"，建议取消纸币在英国的流通，以使新的贵金属大量流入英国。幸好休谟这一提议并未在英国得到实施，否则在经济发展上会有很大的退步。

20世纪90年代，成都首设新中国第一家股票场外交易市场——"红庙子",这是成都试水财富的一次大胆尝试。我们知道广东、深圳是改革开放的前沿重镇,却忽视了成都是带领西南地区发展的马前卒。

2019年1月8日,成都向全世界发布了一个令人振奋的消息,2018年,成都市加快建设西部金融中心,金融业占地区生产总产值提高到12%左右,金融综合实力保持全国第六、中西部第一。

今天的成都,站在了建设国家中心城市的新起点,迈步新的跨越,期待新的崛起,这更加凸显成都作为财富之都的金融发展战略定位,那就是肩负建设西部金融中心的重大使命。

作为中国西部金融竞争力强和金融资源集聚度高的城市,成都金融业在全国金融版图中扮演着日益重要的角色,一直致力于西部金融中心建设的成都,无论在金融组织体系,还是金融市场规模等方面,拥有众多叠加的第一。此前,中国综合开发研究院发布的"中国金融中心指数"显示,成都金融中心综合竞争力排名中西部第一。世界五百强中的近三百家企业已经落户成都,随着成都世界影响力和国际知名度的不断提高,越来越多的财富正在如潮水般向成都涌来,财富成都正在成为当下年轻人创业创新的首选之地。

## 七、创新成都

"为什么是成都?"

"为什么在成都?"

"为什么去成都?"

进入新时代以来,人们常常在各大国际会议、各种国内媒体见到成都的频频亮相,见到人们的惊奇发问,这是新时代的"成都之问"。

在北京、上海、广州、深圳以后,谁将成为中国第五大城市?世界在关注,杭州、成都、南京、厦门、青岛……各大城市也在悄悄发力、暗暗较劲。7月23日,世界名城论坛再次在成都举办,世界的目光聚焦成都,这无疑也是对成都的肯定、激励、鞭策。

数千年来,成都一直是中国西南的中心。但是,近年来,成都阔步创新、奋力奔跑的姿态,早已经超出了她作为西南中心的定位。每每提到成都,你联想到杜甫、熊猫、火锅时,你或许未必想到,这座具有3000年历史的西南古城,她如此古老又如此现代，她不仅已经与全中国，更与全世界人民的生活、工作都发生着紧密的联系。

不难想象，当我们开始早餐，厨房的电器可能产自成都；当我们来到公交车站，我们发现一辆氢燃料电池公交车正缓缓驶出车站，这辆公交车可能产自成都；当我们走进办公室，屏幕提示电脑可能产自成都；当我们走进超市，琳琅满目的商品显示，蓉欧快铁货运班列沿着古丝绸之路将欧洲的商品运进来、将中国的商品运出去；当我们走进附近的社区，发现我们平素里见到的一位多年瘫痪在床的患者，竟然起身、站立，帮助他站立和行走的"外骨骼机器人"可能产自成都；英特尔、戴尔、德州仪器、富士康……世界五百强中有近三百家已经落户成都。成都计划到2025年，建成全国领先、国际知名的创新之城、创业之都，这并不是遥不可期的未来。古人说，"少不入川，老不出蜀"。而今，"老不出蜀"依然是人们对宜居成都的最好选择，而"少不入川"却早已成为旧日传说。

成都，作为面向西南乃至全国乃至世界的创新平台，栽满了梧桐树，正在等待凤凰来。

（原载《国家人文历史》2019年第7期）

# 09

## 兆言说东吴

◎叶兆言

东吴是个有趣的话题，可以大，可以小，今天就让我说说自己眼里的苏州。我的籍贯是苏州，多少年来，遇上填表格时必须得老老实实写上，户口簿上也是这么写的。别人介绍时喜欢说我是苏州人，去年苏州召开了一场规模不小的苏州作家讨论会，我不仅应邀参加这个会议，而且还让一些评论家当作苏州作家批评。报纸上也是这么宣传的，这个做法当然是不准确。首先苏州的作家不答应，苏州的读者也不会认同；其次我的太太更加反对,她清楚地知道这是假冒伪劣,至多也只能算是一个苏州的女婿。我太太在苏州出生、苏州长大,她属于那种土生土长对家乡有着荣誉感的人,对我这种混籍苏州的人非常不屑。

苏州人对外地人的不认同根深蒂固,他们和我所生活的那个城市南京截然不同。南京人很好客,他们从来不歧视外地人,南京人经常跟着外地人一起嘲笑南京人。在苏州不会这样,老苏州人看外地人的眼光总是很挑剔。譬如我的祖父,他是地道的苏州人,我父亲自小在家里说苏州话,可是祖父长期生活在上海,后来抗战又去了四川,我父亲跟着祖父颠沛流离,生长环境总是在变,因此他的苏州话永远也说不地道,结果我祖父经常会皱着眉头纠正他的发音,到了七老八十还是这样认真。在我祖父看来,苏州话是很优美的一种语言,它的语调像音乐一样,怎么能这么说,怎么能这么糟蹋呢?

又譬如我的丈母娘,她老人家就觉得南京人是苏北人,是江北人,跟她怎么解释也没有用。告诉她南京在长江的南边,我这个女婿好歹也应该算是江南人。可是怎么解释也没用,因为老人家骨子里就是这么认为的。在老派的苏州人眼里,出了吴语区的人都是江北人。我丈母娘的区域观很有意思,她把南京镇江以及苏北的人民，都称为江北人。再往北一点，过了淮河，那基本上就都是山东了。对于老苏州人来说，江北人是一个概念，山东人又是个概念，江北是相对于吴语区，山东则代表着整个北方。

千万不要觉得这个观点可笑，现在的年轻人可能已不这么认为了，可是过去的苏州人就是这么想的。这其实是一种很有历史的观点，举一个例子，以我所在的城市南京为例，南京作为江苏省会，它和安徽的省会合肥，究竟谁在南面，谁在北面。很多人都会说当然是合肥在北面，因为从南京去合肥，首先必须往北过江，可是仔细研究一下地图，却发现真正偏南的是合肥。记忆让我们在不知不觉中产生了错误，我们觉得自己已到江那边去了，谁也没有想到，江是弯曲的，并不是简单的东西走向。同样道理，江苏境内的南通，虽然是在长江北面，可是它的纬度仍然是南于南京。

山东也曾经是一个大概念，说它代表着广大的北方不是没有道理。今天意义的山东省是清朝才建立，而明朝的山东布政使司，他所管辖的区域，包含了今天的天津和北京，包括辽东和河北。不妨想一想，想当年，我们往遥远的北方张望，连北得不能再北的辽宁东部都是隶属于山东，那么我丈母娘把山东当作大北方的观点显然是正确的。杜甫《兵车行》中有这样一句,"君不闻汉家山东二百州,千村万落生荆杞",不仅我们会把广大的北方看作山东,古代的秦国占据了西部,汉朝的首都在长安,在秦人、汉人眼里,秦岭之外都是属于山东。

话题转回到东吴来。东吴是什么呢?往小里说,它就是苏州。往大里说,它就是整个吴语区,就是大的东南,相当于整个华东地区。对于北方人来说,东吴就是南方的一大片富庶领土,而其中最有代表性的就是苏州。按说东吴的代表,最具有代表性的应该是南京。我们都知道,所谓东吴,其实是指孙吴,也就是三国时的吴国。吴国的首都在哪,孙权死了又葬在哪,这个问题很简单,各位也肯定知道,南京才是东吴的首都,孙权死后葬在南京的梅花山。这就出现了一个疑问,为什么说起东吴,大家约定俗成,首先会想到的不是南京,偏偏是苏州呢?

这会不会与南京人不再说吴语有关?历史上的南京人无疑是应该操吴语的,可是他们在历史的行程中,渐渐地失去了母语。当然,也可能与孙权的先人有关,我们知道,三国时的东吴,最初是从苏州发迹的。孙权是浙江富阳人,出生在徐州。他的先祖孙武是山东人,这个山东就是大北方,今天关于孙武的出生地仍然有很多争论，大家都争，都抢名人，按照我们苏州人的观点其实没什么可争。反正他真正成名是在苏州，苏州才是他的用武之地。关于孙武的故事，最出名的无过于练兵斩姬，这个故事和杀鸡儆猴很像。说老实话，我不太喜欢这样的故事。不喜欢归不喜欢，孙武的军事才能还是值得敬佩。他是个很懂军事的人，他的《孙子兵法》成为中国最著名也是世界著名的军事著作。

孙武的军事才能让阖闾成为五霸之一，古义的"霸"和今天学霸的"霸"很像，是牛气冲天的意思，没有什么贬义，譬如项羽也叫西楚霸王。当然，也可以说是阖闾给了孙武施展军事才华的机会。随着时间推移，历史早就变得模糊不清。不说别的，光是一个读音已让人说不清楚，我始终搞不明白是读阖闾还是阖庐，专家告诉我们，在古代，"闾"和"庐"两个字读音是一样的。我对古音没有研究，因此这个问题我真是说不清楚。譬如吴王夫差，这个"差"，到底怎么念，我的心中仍然是没底的。对于过去的历史，我们已经习惯用眼睛去看，很多字都认识，一看就知道谁谁谁，可是再要准确读出那些古人的名字，已经有着相当的难度。

今天的人说起苏州，总觉得它是文绉绉的，总是喜欢说它出了多少个状元。除了经济的繁荣，那就是科举的成功。好像这个地方的人只会生产，只会读书，只知道农耕，其实不然。接着孙武在苏州的故事往下说，可以说到吴越春秋，说到卧薪尝胆。这些故事就发生在今天这个地方，也许就发生在我们的脚底下。

卧薪尝胆的故事说明什么呢？说明我们的吴人输了，战败了，以苏州为代表的江苏输给了浙江。为什么会输呢，是当时的吴国不善战？当然不是。吴国是被美人计打败的，输在美人西施手里，他们虽败犹荣。越王勾践是最后的胜利者，可是我从小就不喜欢这样一个人，为什么呢？因为他太有心计，太不择手段。当然还有一个"问疾尝粪"的故事，这个故事深深地困扰着我。勾践为了让吴王夫差觉得自己没有反抗之心，他居然可以去尝夫差屙出来的屎。记得我刚开始看到这个故事的时候，就为这个没有底线的故事彻底崩溃了。一个人居然可以吃着吴王的屎说："大王的身体已经恢复了，为什么呢？因为我尝了你拉的屎，那个味道又酸又苦，这说明你的身体没有问题了。"

什么叫不择手段？这个就是。政治往往是不讲脸面，政治往往就是肮脏。一个硬币总会有正反两面，相比较而言，我更喜欢那些光明磊落最后却失败了的英雄，在项羽和刘邦之间，我更喜欢项羽。同样的道理，对于越王勾践和吴王夫差，更喜欢夫差。我从小就有一个遗憾，那就是美人西施更应该爱夫差，因为这才是一个真正爱她的男人。越王勾践只是在利用她，只是把她当作了一个工具。当然，在政治的旋涡中，爱往往是不重要的，如果西施真的只是与吴王相亲相爱，戏剧性的故事也许就没有了。

西施是什么人呢？她也就是山村溪水边一个很普通的浣纱女。民国年间的女作家苏青曾经写文章想象过西施的结局，如果不是被当作美人计的工具，那么她的结局会是什么呢？很可能就是被山里的某个小伙子给诱奸了，然后呢，也就是结婚生子，成为一名最普通不过的村妇，拖儿带女，过完平庸的一生。很显然，西施能够成名，成为美女的代言人，不是因为她的美，天下的美女太多了，而是她充分地利用了自己的美丽。换句话说，如果夫差不是中了美人计，她什么都不是。

在吴越春秋的故事中，我始终认为越王勾践胜之不武，始终认为吴王夫差虽败犹荣。为什么要这么说呢？因为历史上的吴人是能打仗的，历史上的吴人完全不是今天这个模样。吴人尚武是有历史传统的，譬如到了汉朝，司马迁的《史记》上便说当时最老实的人是鲁国人，为什么呢？因为他们受孔子文化的熏陶，彬彬有礼,讲究中庸之道。当时的鲁国是哪里呢?是山东曲阜和江苏徐州一带。而我们的吴国呢,却是标准的野蛮之地。太兄公用"轻生死"这三个字来形容吴人。

一般地说,传统是很难改变的,但是随着时间的推移,传统也是可以变化。事实上,到了宋朝,徐州一带的民众,在苏东坡嘴里就已经成了让人头疼的刁民。穷山恶水出刁民,经济水平可以改变文化。我们依然可以借司马迁的《史记》来说事,《史记》记录了当时的GDP,我们都知道穷富既是生产能力的体现,也是文明程度的标准。在汉朝,当时最富的区域是哪里,说出来大家可能不会相信,是雍州,也就是在长安一带。今天说到西部,我们首先想到的可能是经济不发达,但是在秦汉时期,那里却是中国最发达的地区。战国七雄,秦最后能得到天下,和富裕是有关系的,这也是美国佬为什么厉害的原因。

那么当时最贫穷的地方又是在哪里,说出来大家恐怕仍然是不相信,就是大扬州。这个扬州不是今天长江北面的扬州市,而是我们现在最引以为豪的江南地区。我们说中国有九州,"禹别九州",九州代表着中国,而长江南部偏东的这一大片土地被称为扬州。在东吴之前,整个江南地区基本上都处在蛮荒年代,那时候，江南到处都是沼泽地，人烟稀少，它的文字可以记录的历史，差不多都是虚无的，都是一些不太靠谱的传说。

江南的文明应该是从东吴才开始，东吴是我们文明的源头。再往前，就没什么太多的东西可说了。大家可能还知道一个泰伯奔吴的故事，这个故事的核心是什么呢？说起来很简单，在遥远的古代，我们的吴地是一片蛮荒之地，我们的文明要想追溯源头，就必须提到一个来自北方的泰伯。周王一个叫泰伯的儿子跑到我们吴地来了，在他的带领下，吴地开始被开发。和别的地方的历史一样，东吴的历史也是一个不断地被开发的历史，什么叫开发？说白了，就是不断地加入了人工，让蛮荒之地变得越来越文明。

我们说南京是六朝古都，这个六朝，打头的便是东吴，而东吴的发源地又在苏州。东吴能够立国，可以成为江南的领袖，就是因为最初在苏州一带打下了坚实的基础。当然，东吴时期的江南，经济仍然还非常薄弱的，三国鼎立，其实吴国和蜀国加在一起，才可以勉强和曹魏抗衡。北方的曹魏为什么强大呢？如果细心研究一下，会发现经济起着决定性的作用，经济基础决定上层建筑，当时的北方生产能力远远强于南方。

江南什么时候开始变得富裕呢？应该是在东晋时期。东吴和西蜀当年对抗北魏的策略，诸葛亮用的是打仗，老是喊北伐，所谓"汉贼不两立，王室不偏安"，这口号有个好处，就是可以树起一个高大目标，让大家勒紧了裤腰带过日子，让蜀国始终处于战争状态，始终是"此诚危急存亡之秋也"。战争时期永远是非常时期，而非常时期的日子都不会好过。我们的课本对诸葛亮评价非常高，其中很重要的一个原因就是汉族常常遭遇外患，常常是危急存亡，在这样的时候，以攻为守便是最好的策略，抗战自然而然就成了主旋律，而《出师表》便成了最鼓舞人心的文艺作品。

三国时期的西蜀因为战事不断，最穷，东吴相对要好得多。因为赤壁之战以后，刘备开始坐大，开始对东吴形成威胁。因此在后期，东吴的策略是向北魏称臣，这个策略是成功的，结果东吴最后杀了关羽，收回了荆州。西蜀是以攻为守，东吴则是以守为攻，攻和守都是三国鼎立的国策，但是最后统一中国的还是来自北方的司马氏，我们都知道，魏晋是可以当作一家的，司马氏窃取了魏国江山，不当回事地就拿下了西蜀和东吴。

不知有汉，无论魏晋，东吴只是个开创期，江南真正形成气候，非要到东晋才行。东晋是江南兴旺的转折点，不妨跟大家说一说苏州的虎丘塔,这个虎丘塔,据说是整个江南最早的古建筑物。如果我没有记错的话,苏州的两个古塔是江南地区最悠久的,一个虎丘塔,建于五代,一个北寺塔,建于南宋。可以这么说,东晋以前的江南地区,经济已经开始发展了,但是,我们也必须承认,相对于北方,它的最美好时刻还没有到来。

举一个例子,以人才看,在唐以前,第一流的大诗人都不是出在江南地区。像苏州籍的陆龟蒙,在苏州基本上已经是最出色的,可是放在浩瀚的唐诗中,恐怕就算不上一个大诗人。以古代文化看来最具有代表性的古文论,唐宋八大家中,竟然没有一个是我们这一带的江南人。以科举的数字看,根据统计,江南文人在隋唐以及北宋,实在没什么太大作为。经济上,江南似乎再也不会萧条,已成为名副其实的鱼米之乡,但是文化上又不得不仰望北方。根据《中国大百科全书》的人名统计,唐朝人才分布的比例,排名前五的是陕西、河北、河南、山西、山东,江苏虽然排名第六,其实中间还包含苏北的缘故,像徐州,完全应该算作北方。至于浙江,竟然排名于甘肃之后,差不多只是排名第一的陕西十分之一。

到了宋朝,东吴的这一片肥沃之地,早已经成为标准的鱼米之乡。说起鱼米之乡,不能不提到江苏的苏字,因为繁体字的"蘇",里面既有鱼又有米,"禾"就是水稻就是米。好像当初故意挑了这么一个字,今天我们说起江苏,简称"苏",很显然,大家已经习惯了用"苏州"的苏来代表江苏。那么这个苏字是不是有鱼米之乡的意思呢?

我想大概不是的,学者研究的结论是,苏州的"苏"其实和苏州胥门的"胥"有关,大家只要上百度搜一下就明白了,百度上是这么写的:

苏州自古有两个名称,吴县的"吴"和苏州的"苏"。

吴的来历:相传商代末年,周国古公亶父有三个儿子:长子泰伯、次子仲雍和幼子季历。亶父喜欢季历,但是按照制度,必须传位于嫡长子。泰伯、仲雍为尊重父意,避让君位而到当时古越人聚居的江东,并入乡随俗。当时的江东人有个习俗,就是喜欢边跑边呼喊,泰伯造了一个"吴"字代表他们。在梅里,泰伯被拥立为君长,国号为"勾吴"。"勾"是当时古越语的拟声词,无义。

苏的来历:在夏代有一位很有名望的谋臣叫胥。胥不仅有才学,而且精通天文地理,因帮助大禹治水有功,深受舜王敬重,封他为大臣,并把江东册封给胥。从此,江东便有了"姑胥"之称。"姑"是当时荆蛮语的拟声词,无义。"胥"字不常用,就改用一个读音相近的"苏"。"蘇"("苏"的繁体字)由草、鱼、禾组成,象征鱼米之乡。于是"姑胥"就成"姑苏"了。后来,吴王阖闾在灵岩山造姑苏台,灵岩山就成了姑苏山。今苏州仍有胥江、胥门、姑胥桥等地名。到了隋代,大批量的"郡"升格为"州",苏州所在的"吴郡"本要升格"吴州",但已被其他地方用了,所以就采用"苏州"了。

说起吴语中拟声词,我还想说一下无锡的"无",过去有人说无锡的锡山,总是喜欢讨论这个锡山到底有没有金属"锡",无锡明明是有一个锡山,可是为什么又叫无锡呢?地质学家已经考证过,无锡的锡山不可能有锡,所谓锡被开采完了,只是一种想象,它的地质条件不可能有锡矿。其实无锡的无,也是古吴语的发声词,就跟老虎、老鼠一样,这个"老"是没有意义的。与姑苏的"姑",勾吴的"勾",都是差不多的道理。又譬如我们说起金陵的"陵",在江苏境内,有四个陵,江南有金陵和兰陵,江北有广陵和海陵。金陵是南京,兰陵是常州,广陵是扬州,海陵是泰州。关于这个陵,很多人也不明白是什么意思,古人望文生义,总觉得与埋葬或者陵墓有些关系。譬如说金陵是秦始皇巡游时,认为此地有王气,因此埋了些金子镇住了金陵王气。又譬如广陵,隋炀帝叫杨广,因此广陵就成了埋葬他的地方。这些解释当然是很牵强的,是一种附会,早在秦始皇和隋炀帝之前,金陵和广陵这个地名就已经有了。所谓陵是楚语中一个词,它的本义也就是水边的一块高地。

为什么苏州的苏会成为江苏的代表?因为清朝设置江苏省的时候,从江宁府和苏州府中各取了一个字,这就好比安庆和徽州合称安徽一样。苏州的苏不仅代表了江苏,而且江苏的省府在很长时间,也一直设在苏州,因此,用"苏"来代替是理所当然的事情。问题只是苏州为什么会成为江苏最好的一个地方,为什么时至今日,它仍然还是江苏甚至全国最富庶的地方?这里面的原因很值得大家去探索、去研究。

我个人觉得应该有这么几个因素。首先是它的太平,上有天堂,下有苏杭。一般人都认为这句话是形容此地的富裕,对于老百姓来说,富裕,不愁吃不愁穿,这就是天堂。好像天底下的事情，只要有了钱，就什么都可以搞定。然而一个地方的经济要能得到正常发展，和平和不折腾是非常重要的。上有天堂，下有苏杭还有另一种解释，这就是作为一句口号，它最初是由来自中原地区的老百姓喊出来的。宋朝的北方区域，饱受异族入侵之苦，他们含辛茹苦地来到苏州，突然发现这里远离战乱，发现这里竟然可以不打仗，于是发自内心地称赞这里为天堂。天堂的必要条件就是和平，没有和平的岁月就不会有天堂。

其次是有很好的规划，一个地方的太平总是相对的，像苏州这样的好地方，北方人肯定是很觊觎。1129年金兵南下，原有的苏州古城几乎毁于战火，这是有文献资料以来，苏州城遭受的最大的一次伤害。在其后一百年间，废墟中的苏州不断恢复和发展，很快又生机勃勃地繁荣起来，当时的郡守李寿朋令人绘制了平江城地图，精细镂刻在一块石碑上。苏州又名姑苏，姑苏之外，用得比较多的就是这个平江。《平江图》是我国现存最早的一幅古代城市规划图，绘图手法是以平面和简练的立体形象相结合，它是国务院颁布的第一批国家重点保护文物。老苏州的基本格局是人家尽枕河，是一个地地道道的水城，都是在水上大做文章，并且做好了文章。同样出于人工，与威尼斯不一样，苏州城并不是像精明的意大利人那样,把一座美丽城市凭空建造在一排排结实的木桩上面。苏州城的基本格局,是借助了一条条人工开凿的河道。要想解释清楚这个城市的基本格局,举世闻名的宋《平江图》是一份最好的说明书。《平江图》形象地反映了当时苏州的繁华风貌,勾画出了宋代苏州人民的生活景象。苏州城充分利用了水这个自然条件,以城外的河湖为依托,十分大胆地引水进城,在城内有计划地开凿了一条条河道,构成了非常完善的城市交通系统。茫茫的太湖在城西,大海又在城的东面,湖水经苏州城潺潺东流,最后进入大海,因此城里的河道更多是东西走向,而传统的中国民居是南北朝向,于是前街后河,家家临水,"水陆相邻,河街并行",成了古代苏州老百姓的日常生活常态。

当然了,苏州地区能够长期维持富裕还有一个重要原因,就是这里的人民特别勤劳,有着一种持续发展生产的能力。大运河像个抽血的针管一样,多少年来一直扎在我们东吴的胳膊上。我们总是在为国家多做贡献,在源源不断地献血,没完没了地输送财富。南宋时向金国称臣,苏州承担着非常重的税收。这以后的元明清,包括后来的中华民国和新中国,此地一直都是缴税大户。沉重的税收并没有把这个地区的经济压垮,恰恰相反,却是一直在刺激着它的发展，财富的积累有时候就是生产再生产，在中国的历史进程中，江南人或许没有在军事上作出什么太大贡献，但是却有幸成了这个国家的经济支柱。

苏州的现状可以当作一个文明标本，而东吴的故事就是一个文明的结局。这里曾经产生了中国历史上最伟大的军事家和军事著作，但是它的成功，更多还是靠文化，靠经济生产。当然，吴人骨子里的强悍，在关键时刻依然还会顽强体现出来。明朝年间阉党乱政，苏州的老百姓拍案而起，就有了张溥的《五人墓碑记》，这篇文章是《古文观止》的压卷之作，又被选入了中学教材。同时我们也不应该忘记的还有林昭女士，这位苏州女子的刚烈程度，几乎可以和鉴湖女侠秋瑾相媲美。

苏州的历史更像是人类应该有的一段文明史，苏州的奇迹在于人工，所谓人文化成，所谓道法自然。苏州人在历史的进程中，有意也好，无意也好，最终选择了文明，选择了大力发展经济，事实证明，只有文明的方式，只有发展经济的方式，才会是一种最好最有效率的方式。换句话说，在和平的大前提下，文明就是经济，经济就是文明，而经济和文明则是最好的政治。

（原载《花城》2014 年第 2 期）

# 10

# 到平江路去

◎范小青

在一个阴天,将雨未雨的时候,带上雨伞,就出门去了。

小区门前的马路上,是有出租车来来去去的,但是不要打车,要走一走,觉得太远的话,就坐几站公交车,然后下去,再走。

走到哪里去呢?是走到自己愿意去的地方,喜欢的地方,比如说,平江路,就是我经常会一个人去走一走的古老的街区。

其实在从前的很漫长的日子里,我们曾经是身在其中的,那些古旧却依然滋润的街区,就在我们的身边,它是我们的窗景,是我们挂在墙上的画,我们伸手可触摸的,跨出脚步就踩着它了,我们能听到它的呼吸,我们能呼吸到它散发出来的气息,我们用不着去平江路,在这个城里到处都是平江路,我们也用不着精心地设计寻找的路线,路线就在自己的脚下,我们十分的奢侈,十分的大大咧咧,我们的财富太多,多得让你轻视了它们的存在。

日子一天一天地过,我们糊里糊涂,视而不见,等到有一天似乎有点清醒了,才发现,我们失去了财富,却又不知将它们丢失在哪里了,甚至不知是从哪一天起,不知是在哪一个夜晚醒来时发生的事情。

我们的时代,是一个新闻接一个新闻的时代,这些新闻告诉我们,古老的苏州正变成现代的苏州,这是令人振奋的,没有人会不为之欢欣鼓舞,只是当我们偶尔地生出了一些情绪,偶尔地想再踩一踩石子或青砖砌成的街,我们就得寻找起来了,寻找我们从小到大几乎每时每刻都踏着的、但是现在已经离我们远去的老街。

这就是平江路了。平江路已经是古城中最后的保存着原样的街区，也已经是最后的仅存的能够印证我们关于古城记忆的街区了。

平江路离我的老家比较远，离我的新家也一样的远，我家的附近也有可去的地方，比如新造起来的公园，有树，有草地，有水，有大小的桥，有鸟在歌唱，但我还是舍近而求远了，要到平江路去，因为平江路古老。在一个欣欣向荣的城市里，古老就会比较的金贵值钱。

在喧闹的干将路东头的北侧，就是平江路了，它和平江河一起，绵延数里，在这个街区里，还有和它平行的仓街，横穿着的，是钮家巷、肖家巷、大儒巷、南显子巷、悬桥巷、录葭巷、胡厢使巷、丁香巷，还有许多，念叨这一个一个的巷名，都让人心底泛起涟漪，在沉睡了的历史的碑刻上，飘散出了人物和故事的清香。

要穿着平跟的软底的鞋，不要在街石上敲击出咯的咯的声音，不要去惊动历史，这时候行走在干将路上的一个外人，恐怕是断然意想不到，紧邻着现代化躁动的，会是这么的一番宁静，这么的一个满是世俗烟火气的世界。

曾经从书本上知道，在这座古城最早的格局里，平江街区就已经是最典型的古街坊了，河街并行、水陆相邻，使得这个街区永远是静的，又永远是生动活泼的。早年顾颉刚先生就住在这里，他从平江路着眼，写了苏州旧日的情调：一条条铺着碎石子或者压有凹沟的石板的端直的街道，夹在潺缓的小河流中间，很舒适地躺着，显得非常从容和安静。但小河则不停地哼出清新快活的调子，叫苏州城浮动起来。因此苏州是调和于动静的气氛中间，她永远不会陷入死寂或喧嚣的情调。

以前来苏州游玩的郁达夫也议论过这一种情况，他说这街上的石块，和人家的建筑，处处的环桥河水和狭小的街衢，没有一件不在那里夸示过去的中国民族的悠悠的态度。

这是从前的平江路。令人难以想象的是，生活在今天的我们，走在今天的平江路上，仍然能够感受到昨天的平江路的脉搏是怎样的跳动着。我们一边觉得难以置信，一边就怦然心动起来了。

很多年前的一天，白居易登上了苏州的一座高楼，他看到：远近高低寺间出，东南西北桥相望，水道脉分棹鳞次，里闾棋布城册方。不知道白居易那一天是站在哪一座楼上，他看到的是苏州城里的哪一片街区，但是让我们惊奇的是，他在一千多年前写下的印象，与今天的平江街区仍然是吻合的，仍然是一致的，甚至于在他的诗文中散发出来的气息，也还飘忽在平江路上，因为渗透得深而且远，以至于数千年时间的雨水也不能将它们冲刷了，洗净了。

现在，我是踏踏实实地走在平江路上了。

更多的时候，到平江路是没有什么事情的，没有目的，想到要去，就去了。就来了。除了有一次我忽然想看看戏剧博物馆，那是在某一年的国庆长假期间，我正在写一个小说，写着写着，就想到戏剧博物馆，它在平江路上的一条小巷内，我找过去，但是那一天里边没有游人，服务员略有些奇怪地探究地看着我，倒使我无端地有点心虚起来，好像自己是个坏人，想去干什么坏事的，这么想着，脚下匆匆，勉强转了一下，就落荒而逃了。

那一天的时光，是在逃出来以后停留下来的，因为逃出来以后，我就走在平江路上了。

世俗的生活在这里弥漫着，走着的时候，很有心情一家一家地朝他们的家里看一看，这是老房子，所以一无遮掩的，他们的生活起居就是沿着巷面开展着，你只要侧过脸转过头，就能够看得很清楚，我不要窥探他们的生活，只是随意的，任着自己的心情去看一看。

他们是在过着平淡的日子,在旧的房子里,他们在烧晚饭,在看报纸,也有老人在下棋,小孩子在做作业,也有房子是比较进深的,就只能看见头一进的人家,里边的人家,就要走进长长的黑黑的备弄,在一侧有一丝光亮的地方,摸索着推开那扇木门来,就在里边,是又一处杂乱却不失精致的小天地,再从备弄里出来,仍然回到街上,再往前走,就渐渐地到了下班的时间了,自行车和摩托车多了起来,他们骑得快了,有人说,要紧点啥?另一个人也说,杀得来哉?只是他们已经风驰电掣地远去了,没有听见。一个妇女提着菜篮子,另一个妇女拖着小孩,你考试考得怎么样,她问道。不知道,小孩答。妇女就生气了,你只知道吃,她说。小孩正在吃烤得糊糊的肉串,是在小学门口的摊点上买的,大人说那个锅里的油是阴沟洞里捞出来的,但是小孩不怕的,他喜欢吃油炸的东西,他的嘴唇油光闪亮的。沿街的店面生意也忙起来,买烟的人也多起来,日间的广播书场已经结束,晚间的还没有开始,河面上还是有一两只小船经过的,这只船是在管理城市的卫生,打捞河面上的垃圾。有一个人站在河边刚想把手里的东西扔下去,但是看到了这个船他的手缩了回去,就没有扔，只是不知道他是多走一点路扔到巷口的垃圾箱去，还是等船过了再随手扔到河里。生活的琐碎就这样坦白地一览无余地沿街展开，长长的平江路，此时便是一个世俗生活的生动长卷了。

就这样走走，看看，好像也没有什么多余的想头。

所以，到平江路来，说是怀旧了，也可以，是散散步，也对，或者什么也不曾想过，就已经来了，这都能够解释得通，人有的时候，是要做一些含含糊糊的事情。但总之是，到平江路来了，随便地这么走一走，心情就会起一点变化的，好像原本心里空空的，没有什么，但是这么一走，心里就踏实了，老是弥漫在心头的空空荡荡、不着边际的感觉就消失了。

这一种的生活在从前是不稀奇的，只是现在少见了，才会有人专门跑来看一看，因此在这一个长卷上，除了生活着的平江路的居民百姓，还会有多余的一两个人，比如我，我是一个外来的人，但我又不是。

不是在平江路出生和长大，但是走一走平江路，就好像走进了自己的童年，亲切的温馨的感觉就生了出来，记忆也回来了，似曾相识的，上辈子就认识的，从前一直在这里住的，世世代代就是在这里生活的，就是这样的一种感觉。

知道平江路上有许多名胜古迹，名人故宅，园林寺观，千百年的古桥牌坊，我去过潘世恩故居，去过洪钧故居，去过全晋会馆，尤其还不止一两次地去过耦园。但是我到耦园，却不是去赞叹它精湛的园艺，觉得耦园是散淡的，是水性杨花的，它是苏州众多私家园林中的一个另类。它不够用心，亦不够精致，去耦园因为它是一处惬意的喝茶聊天的地方，或者是一个温婉的情绪着落点；也因去耦园的路，不要途经一些旅游品商店，也不要有乌糟糟吵吵闹闹的停车场，沿着河，踩着老街的石块，慢慢地走，走到该拐弯的地方，拐弯，仍然有河，再沿着河，慢慢地走，就走到了耦园，其实就这样地走，好像到不到耦园都是不重要的了。

就是以这样的实用主义的心思才去了耦园，因为耦园是在平江路上，耦园与平江路便是一气的，配合好的，好像它们只是一个平平常常的百姓的栖息之地，是没有故事的，即使有故事，也只是一些平淡的不离奇的故事。

平江路是朴素的，在它的朴素背后，是悠久的历史和历史的悠久的态度，历史到底是什么呢，难道不就是人民群众的普通生活吗？

所以我就想了，平江路的价值，是在于那许多保存下来的古迹，也是在于它的延续不断的、任何力量也不能使之中断的日常生活。

在宋朝的时候，有了碑刻的平江图，那是整个的苏州城。现在在我的心里，也有了一张平江图，这是苏州城的缩影。这张平江图是直白和坦率的，一目了然，两道竖线，数道横线。这些横线竖线，已经从地平面上、从地图纸上，印到了我心里去，以后我便有更多的时间，有更任意的心情，沿着这些线，走，到平江路去。

（原载《美文》2013年第1期）

# 11

# 诗文里的徽州

◎刘琼

"欲识金银气,多从黄白游。一生痴绝处,无梦到徽州。"每个人的心中都有不能实现的梦,这种欠缺感在当时是痛楚,在事后便是美感,比如汤显祖。

生在四百年前一个江西小城,却被我们念念不忘,从"扬名""立万"的角度,汤大师倘若地下有灵,该是何等满足?但汤显祖生前怀有不能为常人道的若干不满足,所以写出《临川四梦》。从这"四梦",淘气的今人又繁衍出若干逸事野史。若无逸事,做人还有何意趣？好吧，且不说野史，说说正史。四百多年前，汤显祖僻居临川一隅，窗对"柳色青青""花光灼灼"，挥笔写下无缘痴绝的徽州梦，不料想竟成为后人关于徽州书写和徽州向往的诗歌符号。临川距离徽州不足六百公里，虽需车马劳顿，何以竟不能往？好事者望文生义，推说汤显祖潦倒一生，临终恨恨不绝，因无"黄白"做旅资，所以不能踏足徽州。这样的解文是典型的不学无术。汤显祖何以不能至徽州，今人虽无法知悉，但至少可以肯定一点，即用赋比兴抒情表意，乃诗歌本事，也是诗人的本能。作为诗人的汤显祖写这首诗时，显然启用了一贯的浪漫主义写作技法，先从"黄（黄山）白（齐云山）游"起兴，到"无梦到徽州"递进铺陈，用"梦"这个汤式典型意象，书写对美好事物极度向往之情。此处，这个极度向往之美好事物，便是水墨徽州。

清康熙六年（1667），正式撤销江南省，将其分为安徽、江苏两省。安徽是因其江北有安庆，江南有徽州，取二地之首字而称安徽。我从小生活的芜湖夹在安庆、宣州与徽州中间，小的时候，常站在江边看扯着风帆的货运船压得低低地从青弋江驶进长江，船上堆着簇青的毛竹和山笋，从山里来的船老大说的话一句也听不懂，山里便成为许多疑问。这个山里，便是汤显祖心向往之的徽州。

山环水绕的徽州固然长路崎岖，却非生在深山人不知。

早在唐宋两朝，徽州的美名凭借文人墨客的诗文不胫而走。诗文传播最得力者，应数平生最喜欢游山玩水又懂传播表达的李白，根据《李白全集编年注释》初步统计，李白一生游历安徽多达十余次。从时间上看，自诗人二十岁"仗剑去国，辞亲远游"，江行初经安徽，到晚年六十多岁至安徽南陵投亲，终因"此间乐"，不思归，埋骨当涂青山脚下。从地域范围上，诗人先后到过皖北、皖中、皖西和皖南，涉及亳州、和州、庐州、宣州和歙州。尤其是地处江南的宣州，诗人往来最多、盘旋最久，当时宣州所属诸县均留下诗人流连忘返的足迹。在李白现存的一千首左右的诗歌中，能够考证出来的就有二百多首诗在安徽写的。

从青山驱车，不到一小时，即"碧水东流至此回"的开阔楚江。再驱车两小时，便是"相看两不厌，唯有敬亭山"的敬亭山。从敬亭山出发，半小时车程便是桃花潭……水墨江山，显然激发了诗人的滔滔诗情。书生人情一张纸，层层叠叠的诗句冠以李白的诗名，从盛唐流传到南宋、明清乃至今日——南宋以后，兼有徽商不遗余力的人际传播，徽州成为天下人的痴绝梦。

不同的文化地图上，徽州都会成为一种向往，起初只是水墨江山，后来是民居建筑、雕塑艺术、文房四宝。徽州的好，是无法排遣的好。生在徽州知道它本来就好，客经徽州看到它那出人意料的好。

碧水，郁林，黛瓦，飞檐，这些诗文里千百遍吟咏的物象，还是一等一地停留在时光里。就连大大小小的村落，姓名也被呼唤了几百年。一千年前也罢，今天也好，徽州都斯文得像诗文。

在"八分半山一分水，半分农田和庄园"的徽州，这一分水的地方，诞生了一种捕鱼设施，即在河流中间某个流速恰当的位置用木桩或柴枝、编网等横砌成栅栏，把水流拦截起来，鱼游至此彷徨不定之际，正好张网捕捞。这道堤坝因这种捕鱼功用，拥有了一个形象的姓名：鱼梁。比如鱼梁古埠，这是当年徽商出山最古老的码头。但鱼梁，比我们想象得还要古老。《诗经·邶风·谷风》里弃妇以愤恨口吻出现的一句"毋逝我梁"，在东汉《毛诗序》里注为"梁，鱼梁"。唐宋诗文里，鱼梁一词出镜率很高，比如，李白有"江祖出鱼梁"（《秋浦歌十七首》），杜甫有"晒翅满鱼梁"（《田舍》），特别在南宋诗人陆游的笔下，鱼梁简直是专宠，"山路猎鬼收兔网，水滨农隙架鱼梁"（《初冬从文老饮村酒有作》）、"云开韩日上鱼梁"（《冬晴闲步东村有故塘还舍》)、"我归蟹舍过鱼梁"(《湖堤暮归》)、"处处起鱼梁"(《稽山行》)、"绿树暗鱼梁"(《追凉小酌》),难以一一而足。

由鱼梁,我甚至想起了浮梁。浮梁一地,今人考证为江苏西景德浮梁镇。"商人重利轻离别,前日浮梁买茶去",白居易的《琵琶行》里琵琶女痛恨的浮梁,乃市茶之地。明清以来茶叶买卖基本被徽商垄断,而景德镇恰是古徽州的紧邻,今天,景德镇麾下的婺源又是当年徽州最基本的成员。由此,可以推测,琵琶女所嫁商人大概是某一徽州茶商,"前日浮梁买茶去",说的也是徽州地界的事。"浮梁",本义河水中凸起的堤坝,成为地名应是后来的事。

又比如黟县南屏村,这个始建于元明年间的古村,因村南有一道屏障似的南屏山而得名。提到南屏,我们想到了南屏晚钟。虽然全国有许多曾经叫南屏的地方,最有名者还数杭州的南屏晚钟,但我更愿意相信,这个词始发源于徽州。徽商出山,沿新安江往东,杭州是最繁华的落脚处。也是从绩溪上庄走出去的红顶商人胡雪岩,走到杭州,把买卖做大了,以至今人误其为杭州人氏。杭州城里前三十年还特别著名的张小泉剪刀,它的创始人张小泉也是从新安江摆渡出去的徽州人。徽商进了繁华闹市,除了带去城里人喜欢的各种山货,也带去了浓浓的乡音,包括移情别用的地名。

又比如堂樾和甘棠。想到了什么？当然是《诗经》的《国风·召南·甘棠》。"蔽芾甘棠，勿剪勿伐，召伯所茇。蔽芾甘棠，勿剪勿败，召伯所憩。蔽芾甘棠，勿剪勿拜，召伯所说"。甘棠即棠梨。这首诗记录的是西周贤相台伯的故事。台伯为了推行文王政令，深入基层，在一棵甘棠树下办公。台伯"三贴近"的作风深得民心，台伯走后，在百姓的自觉维护下，那棵甘棠树枝繁叶茂、清阴历历，人称"堂樾"或"唐樾"，樾即树荫。此即典故"甘棠遗爱"的由来。"甘棠遗爱"也作"召公遗泽"，意在颂扬贤明仁爱的朝政。典故原发地陕西岐山刘家塬村今有召公祠，祠内有甘棠树以及当年慈禧太后和光绪皇帝避难至此题赐的"甘棠遗爱"匾额。甘棠远荫是岐山八景之一。

地名也是文化。远隔崇山峻岭的徽州，从陕西一个典故化出两个地名，沿用至今，其间古意开枝散叶，与青山绿水水乳交融。甘棠属于太平，是太平最大的镇，今天的太平属于黄山区。太平设县于唐天宝四年，县名来自《庄子·天道》中的"太平，治之至也"。宋乐史在《太平寰宇记》里说："以地居（宣城）郡东南僻远，游民多结聚为盗，邑人患之，因安抚使奏，非别立郡邑，无以遏此浇竟。时以天下晏然，立为太平县。"环太平县的那条碧水也叫太平湖。据史载，太平立县不久就爆发王万敌领导的农民起义，为加强治理，朝廷又割太平九乡新置旌德县，"冀其邑人从此被化"，而能"旌德礼贤"。这些记载与唐代宪宗时的宰相李吉甫在《元和郡县志》中的记录一致。永治是执政者的愿望。太平才是天下人的愿望。

徽州人对于生为徽州人，有着异乎寻常的自觉，他们对徽州是"与有荣焉"，只念"生死相依"。李白的诗歌固然令人浮想不已，但毕竟是客居的创作，是游历的心境，少了些植入血液的深情。"故园东望路漫漫，双袖龙钟泪不干"，还是胡适这句诗入心入肺。至于在江西和安徽两省之间几番进出的婺源，近一百年来不断地发起"返徽"运动，便是例证。当年蒋介石政府出于"剿共"需求，于1934年将徽州的老成员婺源划入江西，后因婺源民众不断发起返徽运动及同乡胡适等人奔走努力，抗战胜利后的1947年重新划回徽州。但仅仅两年之后，新成立的中华人民共和国又将婺源划入江西。半个多世纪过去了，今天的婺源人还坚称自己是安徽人。

面对这样的坚持，不知为什么，我想到了徽州驴。

（原载《泰山晚报》2016年8月10日—20日）

# 12

## 海与风的幅面——从福州到泉州

◎阿来

去海边,去往福建的海边。那里,海与风有更宽阔的幅面。

临行前,我正在中国的另外一端,西部高原。

大多数时候,我都在亚洲内陆的高原上穿行。居住在高地上的人们,相信自己可以俯瞰世界。换个角度看,也可说很容易被封锁在一个难以突围的世界中间。难以逾越的雪山,参差在四周。在当地语言古老的修辞中,这些雪山被比喻成栅栏。栅栏是人类基于防范的发明,别人进来不易。这物化的东西竖立久了,即便作为物质的存在已然腐朽,化为了尘,却依然竖立在灵魂中。别人进来已无从阻挡,但那东西的影子,毒刺一般立在自己心中,反倒成了自我的囚笼。

在高原的某个夜晚,我一个人站在高地上那些四围而来的奇崛地形中间,一半被暗夜淹没,一半被星光照亮,脚下是土层浅薄的旷野,再下面是错落有致的水成岩层——那是比人类史更长的地理纪年。以千万和亿为单位的地理纪年诉说着,脚下的崎岖旷野,曾经是动荡的海洋。间或,某个岩层的断面上会透露出一点海洋的信息,一块菊花石,或者一枚海螺的化石。但是,从这化石中已经无从听到什么了。一枚海螺内部规律性旋转的空间也填满了坚固的物质,那是上亿年海底的泥沙,已然与海螺一样变成了石头。本来,从一个空旷的海螺壳里,确实可以听到很多声音回荡。我相信那是海的声音:宽广,幽深,而又动荡。

因此,我总向往着要去海上旅行,或者需要不时抵达那种可以张望海洋,听得见海潮鼓涌的地方。

我这个骑马民族的后裔,虽然已经告别游牧,坐在书房,因为海洋经验的缺乏,只能在生起海洋之想象时,以别人的诗章浇自己的块垒。我想起聂鲁达《大洋》中的诗句:

这不是最后一排浪,以它盐味的重量/压碎了海岸,产生了围绕世界沙滩的宁静/而是力量的中心体积/是水的伸展的能量,充满生命不能动摇的孤独。

我愿意直接从高原上下来,越过那些深陷于山间平原与丘陵间洼地的内陆省份,直接就落脚在腥风扑面的狭长海岸线上。

飞机在降低高度,那大河的出口越发清晰。

事前细读过地图,知道现在机翼下,缓缓流向海洋的水流是闽江。在自身造就的小平原上,闽江舒展开了身子,一分为二,造出一个岛,还在岛的两个对岸造出更宽广的土地,让人们能在河流即将入海的地方造一个城,这座城叫作福州。然后,再合而为一,流向海洋。而在即将入海的地方,又一分为二,再造出了一个大岛和若干小岛。所有那些迂回曲折,是要造成一些深水区,让向往海洋的人们营建港口和船厂。

走出机场,车驶上高速公路,木棉花盛开,台湾相思树树冠华美,凤凰树羽叶飘摇,看不见海,东南风吹送,充满我鼻腔的已是来自大海的味道。

这次福建之行，都与海洋相关，更准确地说，是与中国人如何走向海洋密切相关。

泉州海外交通史博物馆在福州著名的三坊七巷。在这里，我们看见了濒海的人们构造船舶的历史。从简单的独木舟，到深谙流体力学的状若展翅飞鸟，下有分隔的水密舱室，上面耸立楼层的曾经远航到大洋之上的福船。我们既直观地看到造船工艺的演进，更可以想象一代一代的弄潮人，怎样驾着这些船，驶向远方广阔的海洋，在一条条陌生的海岸线上，靠近一个又一个远方的岛屿与大陆。博物馆中还陈列着来自异邦的船舶，解说员强调，以福船为代表的中国船，采用的是飞鸟的造型，而西方的船舶采用的是鱼的造型。船舶的航行，凭借的是风与水两种动荡的流体。福船那飞鸟展翼般的造型，显得更轻盈，其中既包含对自然之力的充分理解，更体现出中国人审美中一以贯之的飘逸之感。我恍然看到现在停靠在博物馆，被精心布置的灯光所照亮的福船，正在海上航行。那姿态仿佛一只正拍击着翅膀准备从水面起飞的大型海鸟，开展而上翘的船头犁开海面，激起浪花，又压碎了浪花。季风到时，顺着洋流，那船是怎样轻盈地飞掠在宽阔的洋面。

航海人去向远方，往南，是南洋，过了南洋，再往西，是印度洋。

航海人去向远方，往东，是台湾，过钓鱼岛等一系列岛屿，是琉球，是更为宽广的太平洋。

当一个族群总是去往远方，远方的族群也会来到你的面前。

在福州城里，就有一处专门招待"远人"的所在。那里，老榕树笼罩的阴凉隔绝了近处大街上喧哗的市声，也庇护着一座古老的建筑：柔远驿。这是一座始建于明代，又在清代重建过的驿馆。据当地有关海洋交通的史料，那个时代，正因为有了福建所造的那些适于远航的福船，明朝中叶之前，琉球群岛和中国大陆间的交通以直航福州港最为便捷。加上从事中琉贸易的人很多是明代初叶移民到琉球的福州河口人，因此前来中国的琉球人，无论朝贡还是通商，往往先在福州港靠岸。于是，当时福州官方便在城东南建好廨舍，专供琉球人驻足盘桓，福州民间称之为琉球馆。明朝成化八年（1472），正式设立怀远驿以接待琉球来往人员，其地址就在原琉球馆附近。明朝万历年间，怀远驿更名为柔远驿。其意取自《尚书》中的"柔远能迩"，寓意优待远人，以示朝廷怀柔之意。

现在，柔远驿四周高楼林立，出了树荫浓重的小街口，市声沸腾，但远方来人也早绝了行迹，已经改造成一座博物馆的古老驿馆静寂无声，只有一些经历了历史上重重劫火而得以存留的文物在顽强地证明中国古代也有过何等开放的文明。所以，当我在柔远驿改建的博物馆中看到两张记录道光十六年和道光十七年琉球和福州间往来商品的详细记录时，心理感受要说是"震动"也是毫不为过的。

所以，现将这物品清单抄录在这里，因为，很长的历史时期以来，我们总是急于对历史进行意识形态的定性，而对于丰富的细节以及包藏其中的意味过于忽视了。

道光十六年琉球使者从海路输送到福州港的主要物品有：

海带菜、海参、鱼翅、鲍鱼、目鱼干、酱油、铜器、棉纸、刀石、金纸固屏、白纸扇、木耳、夏布。

道光十七年从福州港输往琉球的物品更加丰富多样：

绒毯、药材、砂仁、茶叶、粗瓷器、白糖、沉香、徽墨、线香、锡器、玳瑁、甲纸、虫丝、棉花、粗夏布、油伞、毛边纸、针、织绒、油纸伞、大油纸、篦箕、漆茶盘、哔叽缎、中华绸、绉纱、小鼓、旧绸衣。

可以揣想那个以外邦藩属朝贡，朝廷赏赐为主，民间自发贸易为辅的贸易体制的面貌，也看到中国以精细的农耕和手工业技术为核心而对周边藩属之国保持的延续了上千年的技术优势。中国的商船扬帆出海，周围的藩属之国还在从陆上、从海上络绎前往中央之国。

十多年前，去过一次泉州。其原因，就是从书上看到这座城市曾经的一个名字，刺桐。字是中国字，词是中国词，但不知为什么，却觉那是一个异国风味十足的名字。和读历史中那些用非汉语的字眼对音而成的地名一样有着别样的风情。那些引起我同样兴趣的地名是汗八里，是花剌子模，是暹罗，是占城。那是中央朝廷还没有动不动就兴起海禁之想的时代里流布于汉语典籍中的名字。

刺桐，这种春天开满红花的树木和番薯一样，也从南洋而来。这种极具观赏性的高大乔木，至少在唐代，就已经完全改变了一个中国城市的成貌。读过一本写中国古诗中植物的书，说刺桐在唐诗中已经大量出现。

"海曲春深满郡霞，越人多种刺桐花。"

在泉州游走，总是会与郑和劈面相逢。在地面上，一座面海的山丘，还竖立着一座高塔，传说郑和下西洋前，屡上此塔眺望海上浩渺的烟波。在地底下，前些年出土了一座被海边的风潮淹去的寺院。在这座重见天日的佛寺中，循例该有的佛教众神殿中的那些佛菩萨外，还有妈祖和郑和雕像，作为那些时常去往无边海洋上闯荡的泉州船民们的庇佑之神，与佛教的偶像一起在同一座大殿中享受香火。郑和的先祖是中亚细亚人，从陆上丝绸之路来到了中国。到郑和从中国海航向阿拉伯海的时候，除了伊斯兰信仰，他已经是一个百分百的中国人了。泉州当地史志中还有关于他率船队扬帆远航前到灵山圣墓行香的记载。

灵山圣墓，坐落于泉州城东郊灵山南麓。唐武德年间，即7世纪初叶，伊斯兰教初创，即有伊斯兰教创始人穆罕默德门徒四人随商队东来中国传教。正如《古兰经》经文所说："船舶在海上带着真主的恩惠而航行。"这四位伊斯兰贤人到达中国后，三贤、四贤便在泉州居留传教，并在此终老落葬。这两座并排安卧于泉州的伊斯兰式墓葬，就是在整个伊斯兰世界看来，也是现存最古老最完好的圣迹之一。

郑和下了西洋，他的航迹最远究竟抵达何处，在今天的世界重又成为人们热心争论的话题。

这其实并不十分重要。

要紧的是他们的行为方式与目的,带着那么强烈的中国文化印记,正如马苏第在《黄金草原》中的记述:"他们还负责激发外国人对宝石、香料及他们祖国器械的热爱。大船分散于各个方向,在外国靠岸并执行委托给他们的使命。在他们停泊靠岸的所有地方,这些使者会以他们随身携带来的商品样品的漂亮程度而引起当地居民的赞赏。"于是,"大海流经其疆土的国家的王子们也令人造船,然后载运与该国不同的产品而遣往中国,从而与中国国王建立联系,作为他们获得该国王礼物的回报也向他奉献贡礼。这样一来,中国就变得繁荣昌盛了……"

唐代或更早前的中国人如何扬帆去往海外,从中国的典籍中已经很难寻觅翔实的记载,但这些早于郑和下西洋五六百年的记述中国人航向世界的文字,仿佛正是对郑和们所做功业的详细描摹。

至今,在泉州当地还有遥远的锡兰王子因故不能归国,而长留泉州,其家族世代繁衍而最终化入中国的美好故事。

漫步泉州城中,四处都有海洋文明所带来的多元文化的遗存。

伊斯兰教的清净寺创建于北宋，据说是仿照了大马士革著名的礼拜堂的形制。如今这座寺院已基本损毁，但有着鲜明阿拉伯风格的门楼依然高耸。倾圮的礼拜堂有了更中国化的名称：奉天坛。但四围的墙壁仍在，其西墙正中还有拱形的壁龛。内壁上镌刻的阿拉伯文仍清晰可见，专家告知，这些文字都是《古兰经》中的警句。今天，信众们的礼拜之处是屡塌屡修的明善堂，这已然是一个中国风味十足的砖木结构的建筑。

浓重的树荫背后，开元寺双塔雄峙的身姿缓缓从天际线上升起。

眼前情景正合了李太白的诗："宝塔凌苍苍，登攀览四荒。顶高元气合，标出海云长。"不由得听了主人的导引去往开元寺。

刚刚来到庙前，我的目光便被一块石雕所吸引。这块花岗岩石雕砌入了廊下的石阶，那狮身人面的雕像显然不是佛教众神殿中的造像，其强烈的风格让人想起印度教万神殿中的造像。然后，在这座佛寺中，我们又相继见到了多个印度教风格的神像和建筑构件，它们或者单独陈列，或者已经作为建筑材料嵌入了佛寺的整体构造。有史料显示，唐代的时候，随着贸易的人流，从陆上和海上两条丝绸之路来到中国的，也有世界各地信仰坚定的传教者们络绎不绝的身影。他们带来了伊斯兰教、犹太教、摩尼教、袄教、景教，在泉州开元寺，我又看到了印度教也曾到访，并试图扎根中国的确切物证。

今天，景教与印度教在中国土地上几乎断绝了踪迹，但同样自西而来的佛教依然在中国大地上香火旺盛。熙熙攘攘的信众，正依了佛经的教导："见佛塔庙，作礼围绕。"

出得庙来，在佛寺之侧，我见到高过殿檐的几株菩提树，微风过处，那些有着七到八对明晰叶脉的绿色叶片便敏感地振动起来，发出细密的声响。佛教的创始人释迦牟尼就是在此树庇荫下悟得佛教精义，因此，菩提树在虔敬的佛教徒那里也是圣物，风动叶振，所发声音，亦可当成是梵贝之音，用在称颂礼赞，有消除业力的无边功德。

恍然看见中国风的福船正在扬帆出海，看见阿拉伯风格的船正在靠岸，水手们正在徐徐地落下一面面风帆。

脚前因退潮而裸露的滩涂上有小生物在匆匆奔忙，山脚下，刺桐和杧果树正在开花。杧果树以结果为要，花虽繁密却又朴素至极。但是刺桐，不着一叶，却以苍劲的枝干高擎着一簇簇艳红的花朵。仿佛为了表明来自异邦的身份，那一枚枚花朵都采取了弯曲象牙的形状,又仿佛为了表达与这片土地的亲和,每一朵花,都闪烁着丝绸的质感。

这些滩涂上淤积的泥沙中,曾有一艘古船重见天日。然后,我在泉州海上交通博物馆中见过了那艘发掘于滩涂泥沙下的漂亮的大船。

那是一艘宋朝的船,船的前半部尚还完整,果然是在福州听人介绍福船时所说的状若飞鸟的形象。果然如古典的记述"上平如衡,下侧如刃",船尾不可见,船上的桅,桅上的帆亦不可见。馆内也没有风,只有冷光源静静地照耀。

晚上翻看当地的《泉州古代海外交通史》,那些与航海知识与技术有关的文字让人生出旷远之想。

"大海弥漫无边,不识东西,唯望日、月、星宿而进。"

"舟师识地理,夜则观星,昼则观日,阴晦观指南针。"

"船舶去以十一月,十二月,就北风;来以五月,六月,就南风。"

其实,航海业的发达,除了航海技术本身的发展外,还有更深刻的原因。

北宋时期,泉州一地兴建水利,并从越南引进占城稻种,大面积种植。同时，棉花、甘蔗、茶叶等经济作物也开始大面积种植，并摸索总结出成熟的种植与加工技术。更重要还有蚕丝织造与造窑烧瓷技术的发展。唐宋时期，中国社会经济重心与人口渐渐南移。有资料表明，早在742年进行的全国人口普查中，中国南方人口所占比重就由一百年前的四分之一，增加到了接近一半。

元代，泉州港繁盛的剧目还在继续上演。

所以，马可·波罗到达泉州时自然要发出赞叹："运到那里的胡椒，数量非常可观。但运到亚历山大港供应西方世界各地需要的胡椒，就相形见绌，恐怕不过它的百分之一吧。"

所以，14世纪来到元代中国的摩洛哥人伊本·白图泰会留下这样的文字："我渡海到达的第一座城市是刺桐城……该城的港口是世界大港之一，甚至是最大的港口。"

只是，西方人所说的作为"世界中心"的中国的黄金时代行将落幕了。

明朝皇室对待海洋似乎有一种奇特的态度。

一方面，有郑和率官方庞大船队七下西洋的壮举；另一方面，又出台种种限制海洋贸易的措施。原通于万国的泉州港此时被规定只能与琉球通商，于是，当官方限制或禁止民间海上贸易时，逐利的商人成为走私者，甚至成为海盗。在大明朝廷开始封禁海疆之时，日本的海盗，以及从事殖民贸易的荷兰人、葡萄牙人已经相继前来叩击大门了。而支持郑和七下西洋的朝贡贸易体制，终归因入不敷出，而被廷议所中止。海禁的时代到来了。

还看到过一则史料，刺桐城的衰落，还与农耕时代过度开发造成植被破坏，严重的水土流失导致那些深水港被泥沙淤塞有关。总之以刺桐之名获得世界性荣耀的城池，火红的刺桐花终归是渐渐凋零了。

"泉城已渺刺桐花，空有佳名异代夸。"

这些日子，在福建的沿海游走，一直听当地朋友说两个字，也许是因为那个简化的词组对我而言还过于陌生，也许是因为当地朋友的普通话总有些闽人特别的口音，直到行程即将结束，我才恍然大悟，他们不断重复的那两个音节是"海丝"，即海上丝绸之路的缩略表达。从语言学的角度看，简洁缩略表达方式的出现，意味着这种表达所指称的事物被普遍认知，或者这种表达所指称的观念已成这个语言群落的共识。

当年，面对帝国的重重危机，中央与地方，官员与学者，曾有"海防"与"塞防"之争。其实,国家安全首先就是领土与领海的完整,所以,当年左宗棠得离开刚刚创办的马尾船政局,从东到西,横穿了整个中国,率军收复伊犁,巩固陆上边疆。而今天的中国,开放自沿海口岸始,三十年后,已经是海陆边疆的全面开放。所以,"海丝"之外,"一带一路",这个缩略语的流行,也显示了开放观念在今天已是如何深入人心。

突然想起,去年,我曾有过海上岛国斯里兰卡之行。所带的枕边书,是法显的《佛国记》。法显是东晋时代的僧人,399年,已经有六十多岁高龄的他从长安出发,经陆上丝绸之路去往印度取经学佛。后来,他由印度乘商船到师子国(今斯里兰卡),居留两年,再乘商船东归,中途经耶婆提(今苏门答腊岛或爪哇岛),再换船北航回到中国,成为有史可考的同时游历了陆上丝绸之路与海上丝绸之路的中国第一人。在斯里兰卡期间,我常去海边徘徊,寻找当年法显东归的登船处。当然,确切的地点自然已无迹可寻了。但是,在科伦坡,面海的长堤尽头,一个崭新的港口正在兴建。港口的兴建者,是一家中国公司。港口建成后,持有该港口相当股份的中国公司还将参与海港的管理与运营。

是的,今天距福州城中柔远驿的关闭已将近一百五十年,面临大海的中国，在开放与禁锢中又犹疑过，摇摆过，但终于还是向着世界敞开了口岸，所有向着海洋的三角洲都成为新的出发地，成为新的文化与经济思想的发生地。

当然还有那一条条江河的三角洲，敞开的河口向海洋交出了陆地，敞开的河口以宽广接纳应时而至的潮汐，纵切过排排横波的是船。不是"野渡无人舟自横"的那一种，不是"孤舟蓑笠翁"的那一种，不是那种停在农耕的村庄边的船，不是从这一村到那一村的船，是海船，是去往空阔无际的大洋上的船。

只是现在，那些船都去掉了帆，而采用了更可靠稳定的机械动力。机器的心脏，每一次转动，都输出强劲的脉动，驱迫着沉重的钢铁躯壳钢铁骨骼的船舶，去往远方。重新航向世界的中国船来到了海洋之上，带着历史晦暗或光辉的记忆，来到了海上的中国船已经日益稔熟于洋流与信风，前方徐徐展开的前景，扑面而来的海与风，正是中华复兴理想最舒展的幅度。

（原载《人民文学》2019年第7期）

# 13
# 泉州，泉州

◎潘向黎

回泉州了，回故乡的感觉，首先是听觉的，耳朵灌进了久违的乡音。

回到家乡，得到抚慰的，是视觉。蓝天白云下，红砖、红墙和浓绿的树冠对比鲜明，合欢花、三角梅、刺桐花、凤凰花、凌霄花、月季花……将殷红、朱红、紫红、橙红、粉红、玫红，毫不吝啬地泼洒得到处都是，像久别重逢、掏心掏肺的热情。

然后是味觉。蚵仔煎、鸡卷、面线糊、肉粽、绿豆饼、贡糖，各种蟹，各种鱼，各种蛤，各种螺，还有各种糕点，其中还有我最爱的碗糕。

听觉、视觉、味觉被抚慰的全过程，心理的满足也伴随始终，但心理更主要的满足来自与亲人的见面。家族的全盛期大概是在上世纪的八九十年代吧，之后，长辈们渐渐衰老了，平辈们出国走了好几家，再后来，回家一次黯然一次。上次回来，还住在二姨家呢，这次已经见不到二姨了；上次回来，二姨虽然走了，至少大姨还在，这次连大姨也不在了。这是时光，这位公正的主宰，馈赠我无数宝物、无数美好，也淡然地剥夺了曾经有过的许多欢乐和温暖。

生活在泉州和上海，说起来都是在海边，但其实生活里很少感觉到海的存在，一方面不是随时看得见海，另一方面是即使看到了，那个颜色也和心目中的蔚蓝相去太远，以至于从未发出任何赞叹。黄浊的、不能让人赞叹的海，还算是海吗？因此，我这个理论上在海边长大、在海边生活的人，对大海怀着永远的乡愁。

虽然生在泉州，小时候，我并不知道泉州曾经的繁华和荣光，即使在长辈们的口中也很少听说。我们听说最多的是南洋

"番客",是"对台前线"。这不能怪长辈们,因为,泉州港的湮没和暗淡,甚至早在他们出生之前。说起泉州,大家的第一反应总是:泉州很小。然后了解一点历史的人会说:是个文化古城。泉州只是个小小的古城,不再是一个巨大之城、繁华之城、光明之城、梦想之城。在那个"古"字里面包含的开放和自由、荣耀和辉煌,都像南洋香料的袅袅香烟和美妙气息,在遥远的时空中飘散了。一切沉寂了,却连足够的叹息都没有换来,这才是真正的凄凉。"却顾所来径,苍苍横翠微。"对家乡的历史,有多少人真正清楚?对自己生命的源头,有多少人真正了然于心?

这次采风,我的心情和任何一次都不一样,好像面对一个祖先留下的洞窟,热切盼望又不无忐忑,用海上丝绸之路的钥匙,开启洞窟之门,我们走了进去,面对无数宝藏,目瞪口呆,目眩神迷。

在泉州海外交通史博物馆看到的外形似鸟的船,是在别处从未见过的,这些造型奇异的船默默验证着历史上关于福建人的记载:"……处溪谷之间,篁竹之中,习于水斗,便于用舟。"(《汉书》)"(闽越人)水行而山处,以船为车,以楫为马。往若飘风,去则难从。"(《越绝书》)

以船为车，以海为路，在海上自如往来，带来了生活方式的改变。考古发现，在秦汉时期，福建已经使用燃烧香料木的香薰了，而这些香料木，正是从东南亚、南亚诸国舶来的。舶来品，"舶"，航海大船也，一个舶字，明白无疑地告诉我们：进口货，最早都是从海路上来的。

"云山百越路，市井十洲人。执玉来朝远，还珠入贡频。"（唐·包何《送泉州李使君之任》）"秋来海有幽都雁，船到城添外国人。"（唐·薛能诗）唐朝不愧叫作"盛唐"，民族交融带来的健旺血气、泱泱大国的自信心态，使得中国真正是个开放、自由而强盛的国度。在唐朝，今天被称之为"小小的"的泉州，成为中国四大对外贸易港之一。五代时留从效扩泉州城，"重加版筑，旁植刺桐环绕"，俏丽浓艳的刺桐花从此在泉州处处盛开，泉州"刺桐为城"，泉州港也以"刺桐"的音译"Zaitun"闻名海外。

北宋初年，泉州已经是全国三大海港之一了，到中期，成为仅次于广州的第二大港，北宋末年南宋初年，已经和广州并驾齐驱。元代，"刺桐港是世界最大的海港"（摩洛哥旅行家伊本·白图泰语），被誉为"东方第一大港"，与埃及的亚历山大港齐名。

当地造船业发达。闽越人自古善造船,而且在原料方面也占尽地利——"南方木性与水相宜,故海舟以福建为上,广东、西船次之,温、明船又次之。"(宋·吕颐浩《忠穆集》卷二《论舟楫之利》)宋元时代,泉州造船业空前兴盛,《太平寰宇记》甚至将"海舶"列入泉州特产,可见其盛况。海船作为一个地方的特产,实在超乎想象。我的脑海里,在牡蛎干、紫菜和绿豆饼的队列后面,突然出现几艘巨大的海船,忍不住笑了起来。但是,这种吃不进嘴,也送不了朋友的特产,本事和名气都十分了得,而且是当时人人皆知的常识——"州南有海浩无穷,每岁造舟通异域。"(宋·谢履《泉南歌》)

这两句诗,现在就镌刻在泉州海外交通史博物馆刚进门的柱子上。就在那里,我第一次和那艘著名的南宋古船相逢。在浅蓝色池子内,七百多年前的古船静默矗立,气势慑人,似乎在等待船长的一声呼唤,船员们就马上起铁锚、扬篾帆,就可以乘风破浪、驶向远海。一个对泉州的历史始终缺乏实感的泉州人,实在很难用语言描摹那一刻的心理感受,好像过去的整个刺桐港,连在梦里也不曾出现的古泉州,突然从水底浮了出来,飞升起来,出现在我面前,活生生的,气势磅礴。

这艘古沉船残长二十四点二米，残宽九点一五米，复原后长三十四米、宽十一米，载重二百余吨——这在当时不算特别大的，大概只能算中等，但已经相当于唐代陆上丝绸之路七百头骆驼的总运量了。

看完大小，再看船形，这是一艘首部尖、尾部宽、船身扁阔、船底削尖，呈"V"字形的海船。这就是当时代表世界造船最高水平的福船的典型。这种"上平如衡，下侧如刃"的船形设计，兼顾了稳定性、快速性、耐波性和加工工艺等多项性能。更令人惊叹的是，这艘古船采取水密隔舱技术，即用隔舱板将古船舱体分成十三个独立舱区。远洋航行中，即使一两个舱区破损进水，也不会影响其他舱区。后来这一技术被马可·波罗介绍到西方，水密隔舱技术逐渐被世界各国的造船界普遍采用。

船舱里发现的各种香料，令人惊叹它们已经在水底沉睡了几百年，依然安然无恙，而当时船上的人估计大多未能从那场海难中逃脱。人的生命，远远比没有灵性的货物脆弱，思之令人悲凄。但那些造船的人、行船的人，他们的智慧和勇气，依然通过古船传递到了今天。

小时候，我们在开元寺跑出跑进，没有在意大雄宝殿两侧的那副对联：“此地古称佛国，满街都是圣人。”现在想来，"圣人"不仅仅指那些大儒名士、得道高僧，也应该包括各行各业的手工匠人，和这样航海的商人和船员。他们也许迫于生计，也许心怀理想，但无论如何，他们的奋斗精神、惊人毅力和过人技艺，已经使他们超凡入圣。正是他们，使泉州港成为海上丝绸之路最重要的起点，也是这条美丽航线上最光彩夺目的一颗明珠。

这个"满街都是圣人"的城市，这个海上丝绸之路的名港，在她的全盛期，和近百个国家互通海上贸易，东至日本，南到南海诸国，西达波斯、阿拉伯、东非，以我们的丝绸、瓷器、茶叶和各种日用品，去换回异域的香料、药物和珠宝。在海上流动的不只是货物，还有文化和信仰。阿拉伯人以他们对海洋的热情纷纷来到中国，带来了不同的宗教、文化和商业传统；中国沿海的人也纷纷下南洋，泉州因此成为中国重要的侨乡和华人华侨主要祖籍地。这一点，我有深切的体会。几年前，去东南亚，在菲律宾、印度尼西亚、马来西亚，发现那里的华人作家主要都用闽南话在交流。我忍不住也用家乡话和他们聊起来，结果，有一位当地的作家说："你确实是咱泉州人，你的泉州话是鲤城区口音的。"我惊喜地说："是啊，我是东街南俊巷的。"他缓缓地用无比地道的泉州话沉吟："南俊巷，对，在承天巷边上。"那些敢于冒海禁闯天下的平民百姓，像蒲公英的种子一样，借着季风，乘着洋流，按照梦的指引或者神的启示，沿着海上丝绸之路播撒出去，在远处的岸上扎根，抽枝散叶。

多少福建人，多少泉州人，都深深受惠于这条海上之路，这条祖先开辟、船过无痕的路，这条用生命、胆气、勇气、智慧开拓出来的路。

泉州港由盛转衰，往昔的繁华有如一梦。明清几次有限的开禁都是消极的权宜之计，声名赫赫的郑和下西洋，实质上和过去的开放通商、自由贸易大异其旨，只是朝贡性质的航海行为，那显赫的船队和隆重的仪仗、典礼，都不过是讨皇上一个人的欢心罢了，和沿海老百姓的生活都没有什么关系。民间一直流传着一个说法：郑和下西洋，其实是带着到海外搜寻建文帝的秘密使命。这也许是普通民众不理解郑和为什么下西洋的影射。

泉州港黯然失色，中国对蓝色的海洋关上了大门。当西方已经进入政治、军事、商业合一的大航海时代，持续海禁和与大航海时代背道而驰的中国，不但失去了曾经的优势，而且退出了海洋竞争。其实不用等到甲午海战，不用等到北洋水师的覆灭，我们早就输了,而且是不战而败,因为我们在一场不能不面对的竞争中,竟然——退出了。一直都说近代中国积贫积弱,"积"者,渐变而成也,闭关锁国,就是历史上那个不幸的转折,海禁开始,就是"贫""弱"的开始,越贫弱,越排外,越自我禁锢。可悲的是,这个开始键,是由我们自己按下的。

马可·波罗启航处,如今只见碑铭,不见一艘船,更没有万商如云、货物如山,此时仅见海水滔滔,海风掠过,只添几许荒凉。泉州港的没落,是多么彻底,以至于"Zaitun"在西方已经成了未知之地,就连它究竟在中国何处都争论不休,直到20世纪才由日本学者桑原骘藏重新考证出来。1926年,中外学者组团来到泉州考古调查,惊叹不已,泉州在世界学术界重见天日。1991年,联合国教科文组织派出的海上丝绸之路考察队来到泉州,认定泉州是海上丝绸之路的起点,由此也认定中国是世界海洋文化的发祥地之一。这些认可,在一个泉州人听来,竟如同晚年驻锡泉州开元寺的弘一法师的著名遗言一样:悲欣交集。

当年,泉州城,刺桐港,并不需要任何认定。她的美丽、富庶、繁华、自由,她的华洋共处、文化交融、各得其所的宏大气魄,足以证明她自己。外国人居住泉州,保持着各自的生活习惯和宗教习惯，也影响了泉州的文化氛围和人文性格。在泉州城里，生活安逸富足，环境美丽舒适，人们各信其信，各行其道，这是一座开放之城、自由之城、光明之城、梦幻之城。

泉州的人文性格是深受海洋文明影响的。相比于占据中国主流的黄土文化的安土重迁，追求安定，以农为本，重义轻利，重儒轻商，海洋文化是蓝色的：敢于冒险，积极进取，乐观勇敢，勇于拼搏，重儒亦重商，有良好的商业头脑和讲信义的经商传统。

万历《泉州府志·风俗》中云："濒海之民，多以鱼盐为业，而射赢牟息，转贾四方……出没于雾涛风浪中，习而安之，不惧也。"这就是海洋性格和海洋文明带来的生活方式。

海洋是美丽的，无边无际的，海洋性格是心胸开阔的，自由奔放的，积极进取的，敢为人先的。大海无言，有如忍耐；大海依旧蔚蓝，正如希望永恒。"海上丝绸之路"这个词字字千钧，不是轻易可以重提的：祖先注视着我们，明天注视着今天。

（原载《人民文学》2015年第7期）

# 14

# 大湾区的澳门

◎陈启文

我一直觉得澳门就是我隔壁的一道门,我居住的城市地处珠江口东岸,澳门就在珠江口西岸,一座虎门大桥在澳门回归之前就已跨越一个喇叭形的海湾,将东西两岸紧密相连。从本世纪初第一次踏进澳门,我就被深深地吸引住了。这么多年来我一次次走进澳门,对这座城市越来越熟悉,却又感觉越来越陌生,我好像从来没有看清澳门。还是一位澳门友人点醒了我:"你不要老是在城里头转来转去,你沿着澳门海岸线转一圈,试试看。"

这话让我心里一顿又似有所悟，兴许只有透过大海，才能看清澳门。

澳门是一座三面环海的半岛，而在更久远的岁月，澳门还是一个"孤悬海中，未与大陆相连"的荒凉小岛，随着珠江干流西江从珠海前山水道、马骝洲水道奔涌入海，河流携带的泥沙在澳门与大陆之间日渐沉积，又在潮来汐去中被海水冲积成一道天然沙堤，在经历了长久的分离后，一座与世隔绝的孤岛终于与大陆唇齿相依，这是大海对陆地的再造，在地形学上称为陆连岛。大海塑造了澳门的形状，状若一朵绽放的莲花，澳门又称莲岛。那与大陆相连的一脉，便是纵贯于沼泽与海滩之间的莲花茎，它连着一座莲峰山，又延伸出莲花路、莲花街、莲径巷、荷花围、莲花圆形地、莲花海滨大马路。大海也为澳门塑造了优美的海岸线和海湾，南湾、西湾、竹湾、石排湾，这一个个海湾恰似莲花的花瓣，簇拥着一块莲花宝地，澳门就在波光潋滟的海湾中安放着澄明的灵魂。这些海湾也是天然的港湾，那些从大海的风浪中颠簸驶来的船舶，一进海湾就变得宁静了。非宁静无以致远，那些赶海人在宁静的海湾中躲过正在迫近的风暴，然后又一次扬帆远航。

南湾位于澳门半岛最南端，这是澳门岁月深处的一道海湾，若从大海的方向过来，这是澳门第一湾。在十六世纪的地理大发现中，西方航海家在大海上越走越远。葡萄牙，原本是一个背向大海、地狭人寡的欧洲弱国，而一旦转身面朝大海，葡萄牙人就像创世纪一样，创造了一个又一个的世界奇迹。麦哲伦率远洋船队横渡大西洋、太平洋和印度洋，完成了人类历史上第一次环球航行，在船长绝对空白的海图上画上了他们开辟的一条条新航线。葡萄牙还有一个极具战略眼光的君主——航海家亨利，这是葡萄牙历史上最伟大的一位舵手，他毅然决然地将一个弹丸小国推向了大海，葡萄牙很快就进入了黄金时代。而在风靡欧洲的《马可·波罗行纪》中，遥远的东方遍地是黄金，这是葡萄牙瞄准的又一个目标。明嘉靖年间，中国遭遇了第一个来自大西洋海岸的不速之客，葡萄牙远洋船队长驱直入澳门南湾，就像被一阵海风吹来的。他们一进南湾就大声惊呼：Praia Grande，Praia Grande！意思是，大湾，大湾！葡萄牙人把南湾称为大湾，这还真是意味深长，过了五个多世纪，我们才懂得大湾的真谛。葡萄牙人在攫取澳门的居住权后，随之便以澳门为远东海上贸易的桥头堡，开辟了当时最长的国际贸易航线，这也是葡萄牙远东商业利益的生命线。大海很大，而澳门很小，随着澳门的急速发展，澳葡当局越来越难以施展开拳脚，从十九世纪六十年代开始填海扩地，将大半个南湾填海修建了南湾街，其余水面后来改为了南湾人工湖。南湾街现已拓展为南湾大马路，如今已是澳门繁华的商业中心、金融中心和市政中心，澳门商业银行和诚兴银行的总行，法国国家巴黎银行，万国宝通银行，香港上海汇丰银行，澳督府，澳门立法会，澳门法院……这一座座高耸的、直入天际楼宇都是在大海的支撑下昂然崛起的。当我走在这车水马龙、人流潮涌的大马路上，感觉脚步还在荡漾起伏，仿佛走在南湾的海浪上。

如果说大海是澳门的母亲，这绝非一个矫情的比喻，澳门就是在大海的怀抱里逐渐长大的。南湾其实并未消失，而是以另一种方式诞生，澳门也不会改变面朝大海的方向。而今澳门半岛面朝大海的是背枕西望洋山、紧接南湾的西湾。走进西湾，恍若走进了西湖，然而仔细一看，却又不是。西湾没有白堤苏堤，却有一道向大海延伸的长堤，穿过苍劲的古榕和高大的棕榈，一股浓郁的欧陆风情在大海中涌现。从屹立于西望洋山之巅的主教山教堂，到一幢幢葡式风格的海滨别墅，当年的殖民者几乎占据了澳门最高的地位和最美的风光。海风是咸的，海水也是咸的，无论你心里是怎样别有一番滋味，你都必须明白，只有面朝大海，才会风光无限。当太阳在大海上升起，那些热爱健身的澳门人便开始沿着堤岸、向着大海奔跑，那闪光的汗珠和突出的肌腱代表了一座城市的健康。很多土生葡人也加入了跑步者行列，葡萄牙人曾以其强大体魄抵御住了蔓延欧洲的瘟疫，而在大海的惊涛骇浪中远航尤其需要强健的体魄。这些跑步者甚至可以跨过西湾大桥，从澳门半岛的融和门一直跑到澳门离岛氹仔码头，这是超越了西湾又从西湾延伸出来的一道风景线。

融和门是澳葡当局在澳门回归之前精心打造的一座标志性建筑，由葡萄牙雕塑艺术家拉果·亨利克设计，由四根支柱两两一组互勾而成，支柱表面铺设黑色花岗岩和葡式碎石，这抽象的艺术造型如同双手拱合，这是中葡友谊的象征。西湾大桥是全球第一座预应力混凝土双层主梁斜拉桥，北起融和门，南至澳门离岛氹仔码头，像是一架安放在大海上的竖琴。大桥总设计师徐恭义是当时全国最年轻的桥梁设计大师，他还真是独具匠心，那两个八十五米高的双拱门桥塔代表澳门的英、葡文首个字母"M"，罗马数字"Ⅲ"和阿拉伯数字"3"，则表明此桥是连接澳门半岛和氹仔岛的第三座大桥。桥墩外观呈弧形，像两片莲花花瓣。站在西湾大桥上看海，从海豚色的西湾近海逐渐向远方的蔚蓝色、深蓝色延伸，这是一片繁忙而又生机勃勃的海域。除了川流不息的船舶，还有追逐着海浪的中华白海豚，这身体修长、活泼生姿的生灵，为国家一级保护动物，被誉为美人鱼和水上大熊猫。它们时不时跃出水面或从潮头探出头来，那又黑又亮的眼睛正好奇地朝人间张望。在白海豚出没的地方，往往也是鱼群最多的地方，成群的海鸥追逐着鱼群，如果运气好，还可以看到黑脸琵鹭，澳门人又称它们为饭匙鸟、黑面勺嘴，那扁平的长嘴如汤匙般，又与琵琶极为相似。它们不是在空中飞翔，而是在浪尖上飞舞，因而又称为黑面舞者。这是世界上仅次于朱鹮的第二种最濒危的水禽，已被国际自然资源物种保护联盟和国际鸟类保护委员会列入濒危物种红皮书中，若能看见它们，简直就像看见了天使一样，又称黑面天使。这种鸟在别处已经难得一见了，但在澳门还时不时看见，这也是澳门最具代表性的鸟类。

澳门是一座融合性的城市，不只是人与人之间的融合，也是人与自然的融合。澳门的每一个海湾都堪称是人与自然的完美融合，而竹湾堪称是原生态和浪漫风情融合的佳境。这儿既有一座郁郁葱葱的靠山，又拥有广阔的海岸和细白柔软的沙滩。那些依山而建的房舍、小桥、小径栏杆皆以松木营造，仿佛是从山林里直接生长出来的，一条山溪在清风中婉转流淌，在这华洋杂处的澳门，竟有这样一派清幽古雅的境界，恍若还有山野隐逸、海滨遗老行吟于其间。而那海湾和海滩却又尽情地挥洒着浪漫和激情，那些穿着比基尼的美女在海滨浴场或沙滩上秀着她们婀娜多姿的身体曲线，勇敢的男士们正驾着帆板、帆船与海浪搏击，尽情地享受着在海上驰骋的快感。在路环岛西北的石排湾，则建起了依山傍海的郊野公园，走进植物园，可以观赏澳门形形色色的植物，观鸟园里又可看到各种各样的珍禽异鸟。在鸟语花香中，感受一下就把那都市的烦嚣抛到了脑后，又重新投入了大自然的怀抱。相传清嘉庆年间的海盗张保仔，在这山水之间觅到了一个藏身洞，他可真会选地方。

　　澳门拥有这么多得天独厚的海湾，但从陆地到海域又实在太小了，干什么都捉襟见肘。澳门回归后，在母亲的怀抱里不断成长，第一个长大的就是澳门大学。这是澳门第一所现代大学，但在狭小的澳门只有逼仄的校园。澳门迫切需要拓展自己的空间，但除了艰辛而缓慢的填海造陆，是否还有别的出路？澳门人总是下意识地凝望着与澳门一河之隔的横琴岛，那是珠海最大的岛屿，比三个澳门还要大。这是一片未开发的处女地，若能借助澳门的优势开发出来该有多好。澳门看到了，中央也看到了。2009年，澳门回归十周年，中央批准澳门在横琴岛上建设澳门大学新校区，全国人大又授权澳门特别行政区对澳大新校区实施管辖。新校区背倚满目葱茏的横琴山，由一条河底隧道与澳门相连，比原校区一下扩大了二十倍，足以容纳九个学院和一万五千多名学生。这是一座国际化、现代化、智能化的绿色校园，拥有六十多座建筑，这些建筑风格是岭南与南欧的一种融合，这横琴岛上的新校园更是澳门与内地"一国两制"的融合。海纳百川，有容乃大，澳门大学凭借大陆与大海水乳交融的优势，正雄心勃勃地向世界一流大学迈进。

澳门最大的优势就是背靠大陆，面朝大海，然而澳门又一直受困于大海。由于历史原因，澳门一直没有对毗邻海域的使用管理权。2015年，在澳门回归祖国十六周年纪念日，中央政府又一次敞开怀抱，明确划定了澳门特区水域和明晰陆上界线，三十平方公里的澳门，海域明确为八十五平方公里，这让被大海包围的澳门获得更大的发展空间，随着澳门借海发力，其特有的优势必将进一步激发出来。

澳门其实还有一个更大的海湾——粤港澳大湾区，当然，大湾区不只是属于澳门。这是与美国纽约湾区、旧金山湾区和日本东京湾区比肩的世界四大湾区之一，在自然地理上，这个大湾区一直存在，但直到最近才被人类赋予其超越地理的意义或定义。粤港澳大湾区（英文缩写GBA）由香港、澳门两个特别行政区和广州、深圳、珠海、佛山、惠州、东莞、中山、江门、肇庆等九市组成。这是中国经济最活跃的地区，大湾区面积只有五万多平方公里，人口七千万，2017年的GDP就突破十万亿，若放置于世界排行中名列十一位，超过了许多西方发达国家和地区。在国家战略上，这是我国建设世界级城市群和参与全球竞争的重要空间载体。大湾区是两种制度、三个法律适用地区、三个关税区，这也是粤港澳大湾区不同于其他湾区的最大特色。按粤港澳大湾区发展规划纲要，以香港、澳门、广州、深圳四大中心城市作为区域发展的核心引擎。从地理位置看，广州处于珠江口顶端，横跨珠江两岸，珠江口东岸有香港和深圳两座中心城市，还有东莞、惠州两座支点城市。珠江口西岸则有澳门和珠海、佛山、中山、肇庆、江门等五座支点城市。澳门既是珠江口西岸最小的城市,却又是位于珠江口西岸的唯一一座中心城市,一个与香港、广州、深圳并驾齐驱的核心引擎。这是典型的小马拉大车,这小小的澳门拉得动吗?

多少年来,澳门作为世界四大赌城之一,被誉为东方蒙特卡洛或拉斯维加斯。如今在澳门三十平方公里的土地上,生活着六十五万人口,这是世界人口密度最高的地区之一,也是全球最发达、最富裕的地区之一。在博彩业的驱动之下,澳门的轻工业、旅游业、酒店业一直长盛不衰,但澳门人又从不甘心把自己的命运全部押在赌场的轮盘上,他们一直渴望对澳门的重新定位,把澳门打造为世界旅游休闲中心。而作为一个站在大湾区一线潮头的核心引擎,这样的定位已经远远不够了,澳门重新审视自己。譬如说,澳门曾经是葡萄牙在远东海上贸易的桥头堡,但一旦转身,就可以打造中国与葡语国家的合作平台,而澳门五百年来所形成的多元文化,也可以成为一个以中华文化为主流、多元文化交流的合作基地。澳门对外贸易的经济规模虽说不大,但外向度高,而且是大湾区内税率最低的地区之一,财政金融稳健,无外汇管制,具有自由港及独立关税区地位,一直是亚太区内极具经济活力的一员,也是连接内地和国际市场的窗口和桥梁。这都是澳门潜在的优势和底气,一旦释放出来,这一小片灿烂的土地势必发挥出四两拨千斤的力量。——这就是澳门对自己的重新定位,大湾区的澳门终于看清了自己,我也终于看清了大湾区的澳门。

澳门很小,但大湾很大,从葡萄牙人当年惊呼的大湾到如今这辽阔的大湾,一切都是大海的创造,只有大海才有如此强劲而又持久的力量。澳门一直在大海中汲取和积聚力量,期待着新一轮的迸发。我已经感觉到了,那一触即发的气势,当海风推拥着浪潮奔涌而来,那绘有五星、莲花、大桥、海水图案的绿色旗帜,在海岸线上飘扬得哗哗作响……

(原载《人民日报·海外版》2019年4月25日)

# 敬 告

由于编选时间仓促、工作量大,未能及时与所选作者一一取得联系,请见谅。

现仍有部分作者地址不详,为及时奉上稿酬和样书,请有关作者与编辑段琼、赵维宁联系。

E-mail：249972579@qq.com；1184139013@qq.com

微信号：Youyouyu1123；zhaoweining10

辽宁人民出版社<br/>2023 年 1 月